GOBOOKS
& SITAK
GROUP©

GOBOOKS
& SITAK
GROUP©

Profile

大神下凡

(24歲)

個性：狡猾、自我中心
纏著俞思晴的大神級玩家，獨自衝到四十等，是榜上有名的高手。不使用武器ＡＩ玩遊戲，有很多奇怪道具，平時喜歡當商人敲詐其他玩家，因此十分有錢。

Profile

無緣人

(17歲)

個性：膽小、老實
強運，抽獎或開寶箱都會拿到特殊武器，因此等級升得很快，全身上下都是珍貴紫裝，但個性懦弱膽小，時常被人利用、欺騙。對俞思晴有好感。

三日月書版

三日月書版

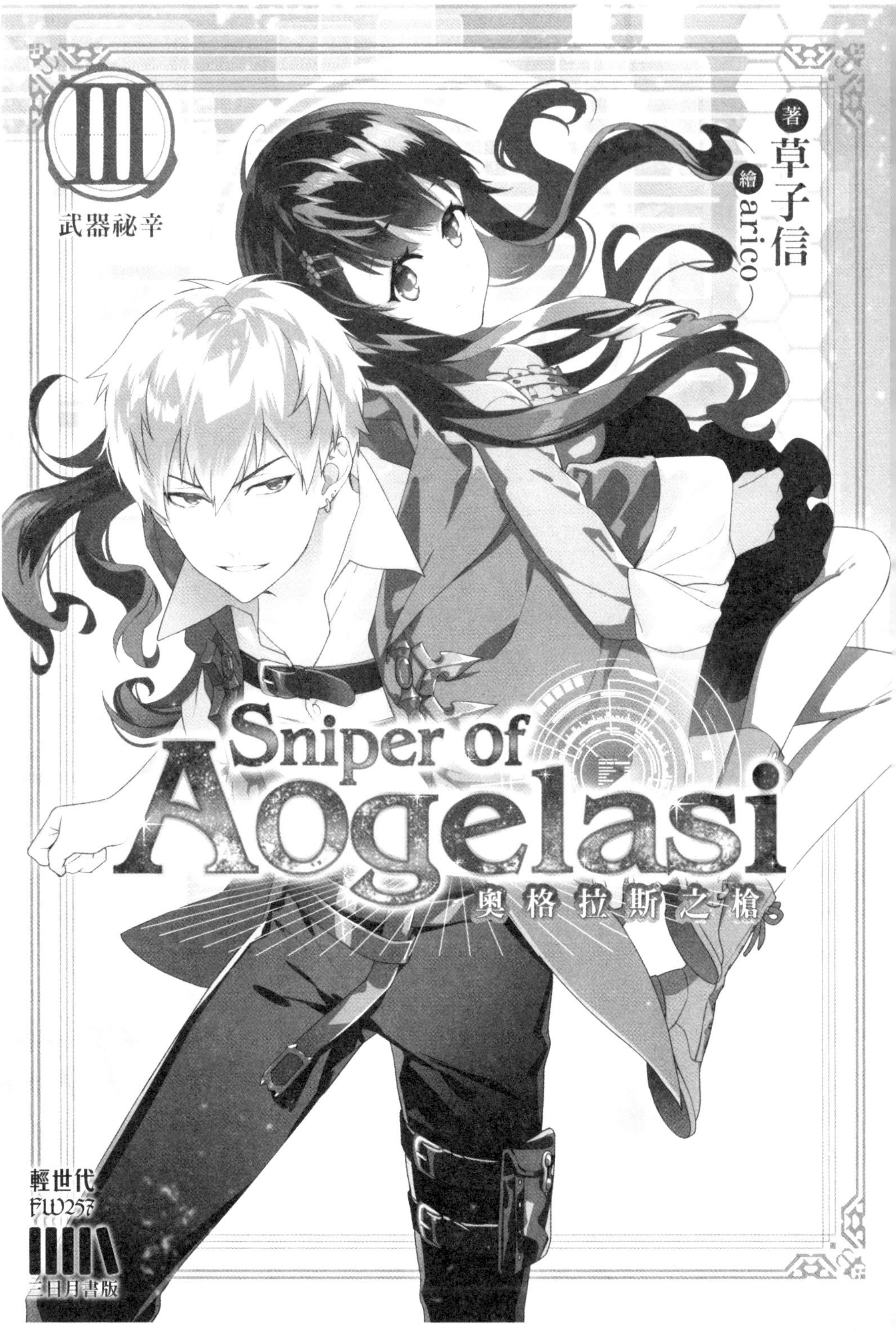
III
武器祕辛
著 草子信
繪 arico
Sniper of Aogelasi
奧格拉斯之槍
輕世代
FW257
三日月書版

Sniper Of Aogelasi
奧格拉斯之槍

contents

楔子

Sniper of Aogelasi

花豹消失前說的話，與巴雷特偶爾表現出的異常，是俞思晴最近的煩惱。她玩過的遊戲多到數不清，也不是第一次參加遊戲封測，但《幻武神話》的BUG實在多到令人費解。

「妳最近有沒有發現不尋常的地方？」兩人的餐點剛送上桌，大神下凡便直接切入主題。

俞思晴用叉子捲起麵條，放入口中。「就是覺得有，才會跟你來。」

「難道不是被我帥氣的外表吸引？」

俞思晴連看也沒看他一眼，一邊咀嚼食物，一邊滑著手機。「你要是沒話要跟我說的話，我就閃人了。」

「老婆對我好冷淡。」

「我不是你老婆。」

大神下凡摸摸鼻子，自討沒趣，但他還沒放棄。

「我聽說了，妳參與的副本出現BUG的事。」

俞思晴愣住，「你怎麼會知道？」

這件事除了安他們五人在內，沒人知道，更何況他們還和GM交換條件在先，不可能走漏消息。

大神下凡笑咪咪地看著她，似乎沒打算告訴她消息來源。

俞思晴放下叉子。

大神下凡既然知道這件事，又有她的聯絡方式，從這兩點來判斷，肯定和安娜貝兒脫離不了關係。

她沒打算戳破這點，估計大神下凡也知道她會發現。

「闇黑迷宮副本的問題，跟你在簡訊裡提起的事，有什麼關係？」

「上回的女神事件我覺得很古怪，加上這款遊戲的武器ＡＩ智慧高到不可思議，所以我私下做了點調查。」

「怪不得無緣人老哭著說找不到你。」俞思晴總算明白，為什麼最近大神下凡沒有來騷擾她，「攻城戰的隊伍名單裡也沒有你的名字。」

「我家會長雖然命令我要參加攻城戰，但我蹺掉了。」大神下凡一派輕鬆地說著，「反正我們公會少了我也沒差。」

「然後呢？你蹺掉攻城戰的這段時間裡，查出什麼？」

大神下凡沒有回答，反而突然靠近俞思晴的臉。她心下一驚，表面強自鎮定地瞪著對方。

本以為這不安好心的男人又要騷擾她，沒想到大神下凡卻將食指貼在嘴唇上，故作神祕地朝她眨眼。

「《幻武神話》這款遊戲有問題。」

「這件事我已經知道了。所以，到底是哪裡出了問題？」

「如果我說，《幻武神話》可能是真實存在的世界，妳相信嗎？」

聽到他說的話，俞思晴愣住了。

真實存在的……世界？

大神下凡的意思是，《幻武神話》並不只是遊戲？

「你……就算再愚蠢，也不應該冒出這種天馬行空、亂七八糟的幻想吧！」

俞思晴用力拍桌站起，變得一點胃口也沒有，拿起包包就想離開。

她的聲音驚擾到店內的客人，但大神下凡毫不在意四周的目光，趕緊跑上前去抓住她的手。

「等等。」

俞思晴火冒三丈地甩開他的手：「如果這種憑空捏造的幻想就是你調查出來的

結果，就不要浪費我的時間！」

「這不是幻想，是事實。我能證明。」大神下凡十分認真。

俞思晴的反應和他預想的不一樣。

以她的個性，不會如此不經思索就否定任何可能性。但剛剛的情況，簡直像是他不小心踩到了她的地雷。

抑或者——

「妳該不會也有同樣的想法吧？」

聽到這句話，剛剛還憤怒不已的俞思晴忽然身體一震，站在那一動也不動。

她沒有想過這種事，因為她不可能混淆遊戲和現實。

只是偶爾會想，如果巴雷特不是遊戲角色，而是真實存在的人，那該有多好。

所以，當自己貪婪的期望，突然被大神下凡用肯定的語氣說出來的瞬間，她慌了。

然後她想起巴雷特的與眾不同，以及遊戲內許多不合常理的BUG。

「小鈴，如果妳想確認我說的話，上線之後就聯繫我。」

「不需要。」俞思晴異常堅定地說：「《幻武神話》就是一款遊戲，不是現實。

這點我比任何人都還要清楚。」

這不僅是在說服大神下凡，也是在說服自己。

她絕對不會把虛構當成現實——絕對不會。

第一章　神之鍛造師（上）

Sniper of Aogelasi

俞思晴的心情不是很好。

與會長約定好，隔天晚上如約上線，她全身上下被一股低迷的氛圍環繞，就連公會成員也沒勇氣找她搭話。

巴雷特也不知該如何是好地站在旁邊，沉默不語地盯著她看。

換作平常，俞思晴肯定會抱怨他的目光，現在的她卻彷彿把他當成空氣。

被俞思晴無視的滋味很難受，但她似乎並不是在煩惱和他有關的事。

「小鈴、小鈴！」結束會議的耀光精靈憂心忡忡地走過來，叫了兩聲都沒聽到回應，於是忍不住從背後撲上去抱住她，「小鈴啊——」

「哇啊！」俞思晴嚇了一大跳，重心不穩地撲倒在地。

耀光精靈環住她的脖子，用臉頰磨蹭她的後腦勺。

「妳怎麼看起來很沒精神的樣子？」

「會、會長……要死了……真的會死……」

俞思晴臉色蒼白地掙扎著。她就算沒有被耀光精靈壓死，也會因為她的「胸器」而窒息。

巴雷特連忙走過去想要把人拉起來，但一旁的銀快了一步。

「耀光，我不是說過別隨便亂撲倒人嗎？」

銀把俞思晴拉起來，小心翼翼地摟住她的腰，直到她站穩腳步為止。從旁人眼裡來看，銀溫柔的動作簡直像是在護著自己的女人。其他成員都有點不好意思。

耀光精靈嘟著嘴，趴在地上耍賴。

「銀你不可以跟我搶小鈴啦！」

「誰跟妳搶人？我是要妳別那麼粗魯。」

會長和副會長搶同一個人，這看似有趣的三角關係，卻讓巴雷特握緊拳頭，臉色變得無比難看。

沒人注意到那張俊美的臉孔流露出的忌妒眼神。

「抱歉，我在想事情所以有點分心。」俞思晴喘口氣，抬頭就對上其他成員的詭譎視線，這才注意到自己正被銀摟著。

她嚇得連忙往旁邊跳了兩步，滿臉通紅地與銀拉開距離。

「怎麼了嗎？」

「啊，不……那、那個，沒事。」俞思晴結結巴巴地回答。她平常總是冷靜而穩重，難得反常的慌張模樣顯得格外可愛。

銀也是這麼認為，聰明的他已經看出俞思晴沒辦法專心討論。

「妳今天的狀況不是很好，累的話就先下線休息吧。城內的事務和最後決定合作的公會名單，我會晚點用 LINE 告訴妳。」

俞思晴眨眨眼，懊惱不已。

「抱歉，那我就接受你的好意了。」

現在的她確實有點不在狀況內，硬待在這裡也幫不上什麼忙。再說，她十分信任耀光精靈和銀，他們兩人肯定能管理好這座城。

而她，還有其他問題必須解決。

「巴雷特，我們走。」俞思晴朝武器ＡＩ聚集處的巴雷特揮揮手。

此時的巴雷特已經恢復以往的表情，微笑走向她。

和其他成員打過招呼，俞思晴和巴雷特便離開了這個地圖。

「小鈴，妳真的沒事嗎？」巴雷特擔心不已。明知俞思晴在煩惱，他卻無法分擔，這種認知著實令他痛苦。

俞思晴輕笑出聲，「我沒事，只是在思考而已。有時候我想事情想得太專注，就會變成這樣。」

「妳是說像現在這樣傻裡傻氣，一點也不像我所知道的那般帥氣美麗？」

俞思晴垮下臉，「我是很常被人說『帥氣』啦，但『美麗』這個形容就……」

「那，我是第一個。」

「第一個什麼？」

「當然是第一個讚賞妳很美麗的人。」

巴雷特如此直白地說出令人羞澀的話，害俞思晴張大嘴巴、滿臉通紅，一句話都說不出來，只能尷尬地轉移視線。

自從度假中心那天以來，巴雷特對待她的態度，和之前稍微有點不同。

她很高興巴雷特不再迴避自己。但是，他的天真和直率的讚美讓她很想找地洞鑽進去，害羞得不得了。

「你、你老是誇我，不膩嗎？」

「我只是實話實說。」

巴雷特微笑著，笑容卻有些寂寞。

看到他露出這種表情，原本徘徊在俞思晴腦袋瓜裡的眾多問題，全都一掃而空。巴雷特不是個會將心情寫在臉上的人，既然他那麼露骨地表現出來，就表示事情不太對勁。

她停下腳步。

「比起我，你應該先擔心自己才對。」她皺著眉頭，態度強硬地指著他，「是不是昨天的戰鬥讓你還沒恢復？既然這樣，一上線就要告訴我啊，別自己忍著，我可是你的幻武使，照顧你是我的職責。」

巴雷特愣了下，原本對她擔心自己的心意感到喜悅，卻在聽到最後一句話之後，變了臉色。

「職責……是嗎？說的也是，我是小鈴的武器啊……」

「巴雷特？」俞思晴聽不清楚他在喃喃自語什麼。她稍微靠近想要問清楚，卻忽然被巴雷特摟進懷裡。

「巴巴巴……巴雷特！」俞思晴措手不及，兩隻手高舉揮舞著，不知該往哪放才好。

「你、你在做什麼？快點放開我！」

「小鈴，我們今天休假如何？」

「……咦？休假？」俞思晴眨眨眼，「你的意思是，今天不練等嗎？」

巴雷特摟著她的雙臂稍稍加重了力道，看來她說的沒錯。

雖然不知道巴雷特怎麼了，但這個提議確實很吸引人，反正她今天也沒心情玩遊戲。

她輕拍巴雷特的背，溫柔地道：「你難得會說這種任性的話，沒辦法，我就答應你吧。」

巴雷特沒想到俞思晴會接受，一雙眼睛瞪大著，直盯著她看。

「妳是說真的？」

「嗯，就算不練等，也有不少有趣的事情可以做。」

想起之前和俞思晴一起逛度假村，巴雷特的心情便輕鬆不少，剛才的躁鬱感也隨之一掃而空。

「小鈴，我……」

巴雷特想要提出自己的想法，俞思晴卻打開系統，很認真地研究起來。

「既然如此，乾脆去一趟奧格拉斯吧。」

意料之外的結論，令巴雷特愣住了。

俞思晴從背包裡拿出之前ＧＭ賠禮贈送的道具。

那是塊相當漂亮的水藍色寶石，裡頭鏤刻著槍族專屬的圖騰。

「正好帶你回去提升能力值，這麼珍貴的道具，可不能白白浪費。」

看到俞思晴那麼期待，巴雷特只好把想說的話吞回腹中。

「只有……我們兩個人的小旅行？」

聽見他的問題，俞思晴把道具收起來，笑嘻嘻地朝他伸出手。

「當然，我本來就不打算和其他人同行。」

巴雷特總算放心地笑了。他牽起俞思晴的手，輕吻她的手背。

「也就是說，這是約會。」

「約——」俞思晴滿臉通紅，還來不及反駁，就被巴雷特拉走。

「正好，在我的故鄉也有幾個地方想帶小鈴去看看。」

「什、什麼？」

「別看我這樣，我可知道不少祕密景點，妳一定會喜歡。」

「是這樣……嗎？」

「我深愛著我的故鄉，也希望小鈴喜歡它。」

俞思晴眨眨眼。她從沒見過巴雷特這麼開心的表情，可愛得像個孩子。

一想到她要去的地方是巴雷特的故鄉，她的心裡也開始期待起來。

換作是以前，她肯定會把提升道具能力當成首要目標，現在的她卻更想了解巴雷特。

無論是他的過去、他的背景，甚至是——

《幻武神話》是真實存在的世界。

腦海裡跑出大神下凡的聲音，同時也是讓她煩惱的源頭。

她搖搖頭甩掉這可笑的猜測，可看著巴雷特的身影，卻又下意識地握緊他的手。

體溫、心跳、氣味。

一切都像是真的。

對巴雷特來說，這就是「真實」，然而她卻不能這樣認為。

絕對不能因為自己那卑劣又自私的想法，把巴雷特拖下水。

最初登入遊戲、確定武器ＡＩ搭檔後，幻武使就不能再踏入奧格拉斯。

只有兩個情況例外。

第一，持有提升武器ＡＩ能力值的道具；第二，玩家五十等之後開啟的武器ＡＩ支線任務。

而這次封測的封頂等級是六十等。

包括俞思晴在內，已有不少玩家快要打到五十等，屆時肯定會有很多人開始執行武器ＡＩ的支線任務。俞思晴也為了這個目標，努力練等。

能在封頂前去一趟奧格拉斯，感覺就像是超前其他玩家一樣，不得不說，俞思晴挺自豪的。

可是，《幻武神話》頻頻出現的奇怪BUG，還是很難讓她放下心。

或許藉由這次的任務，可以讓她發現什麼？總而言之，她不能錯過這次調查奧格拉斯的好機會。等之後大量玩家封頂，進入奧格拉斯解副本任務，恐怕就很難這樣自由地調查。

總而言之，這次前往奧格拉斯，絕對不能空手而歸。

「我們到了，小鈴，這裡就是奧格拉斯。」

一見到熟悉的家鄉，巴雷特難掩臉上的期待。

奧格拉斯的美景依舊讓俞思晴瞠目結舌，就算只來過一次，也忘不了這裡空氣的味道、和美麗的光影。

矗立在日光下的奧格拉斯神殿莊嚴而美麗，有種純潔、不容踏足的氣氛。

這次因為是道具任務，他們用主城內的傳送陣就能直接來到奧格拉斯，否則完全無法接近這裡。

其原因就是圍繞在奧格拉斯神殿周圍的荒蕪沙漠。

若想徒步前往奧格拉斯神殿，就必須穿越荒蕪沙漠。她雖然還沒踏入過那個地圖，可她心裡很清楚，荒蕪沙漠絕對有什麼難以跨越的高壁。

「奧格拉斯的鍛造師都居住在主城嗎？」

「是的，主城有條鍛造師專屬的街道，無論是什麼武器都可以在那裡尋找鍛造師。」

俞思晴從ＧＭ那裡拿到的寶石，只有奧格拉斯的鍛造師能使用，然而如何選擇鍛造師也將成為他們的問題之一。

跟著巴雷特來到由紅磚鋪成的長長街道，這裡並沒有想像中那般冷清，但除了他們之外，街上的行人都是武器ＡＩ，所以她的存在引來不少注目。

許多武器ＡＩ交頭接耳，把她當成稀有動物一般，有些甚至眼神閃耀，簡直和看到偶像的粉絲差不多。

明明在幻武使的主城，巴雷特才是目光集中的焦點，沒想到來到奧格拉斯後，立場反而顛倒過來。

「有好多各式各樣的鍛造鋪！每個都好有趣！」

琳瑯滿目的招牌，展示著各種副手武器的櫥窗，讓俞思晴看得很開心。

搶先其他玩家一步來到這裡，說什麼也想帶幾個副手武器回去。

「怎麼辦？這裡的副手武器外觀漂亮，數值也不錯，嗯……真難抉擇。」

俞思晴認真記下每個有興趣的副手武器，盤算著該把哪個帶回家，似乎早就忘記自己來這裡的主要目的。

看著俞思晴專注的模樣，巴雷特心裡默默期盼，希望兩人在這裡待越久越好，這樣就不會有其他玩家來打擾。

「這裡有很多副手武器，妳可以慢慢看。」

俞思晴苦惱地盯著櫥窗，「可是我每個都想買，這、這樣不行，還沒找到鍛造師就先花錢，我怕錢會不夠用。」

巴雷特忍不住笑出來，彎下腰指著她剛才緊盯不放的副手武器。「妳想要這個？」

「是在我的名單內啦。剛剛一路看下來，有很多都不錯，只是這家多數是槍族專用的，我比較有興趣……哇！巴雷特？」

話音未落，巴雷特就拉著她的手走進店裡。甫踏進店內，她便被店內擺設的武器吸引住。

「好、好多啊！每個都看起來不錯，怎麼辦……」

「妳喜歡哪一個，告訴我，我買給妳。」

「說什麼買給我……」俞思晴朝他翻了個白眼，嘟起嘴反駁：「你用的可是我的錢。」

「是我們一起賺的。」巴雷特笑著更正，「不用擔心，我說過吧？我有存點私房錢。」

「可是這樣不就像——」像約會。

巴雷特眨眨眼，盯著她看，似乎在等她把話說完。

俞思晴紅著臉把話吞回去。「沒、沒什麼。」

「兩位客人嗎？」櫃檯後方走出一名女店員，笑盈盈地盯著兩人，「來鍛造鋪約會？兩位的興趣真特殊。」

剛才沒說出口的話被店員一語道破，俞思晴的臉當場紅到冒煙。

她急忙想要解釋，沒想到巴雷特卻牽住她的手，不假思索地回答：「是的，請幫她介紹幾款比較熱賣的槍族副手武器。」

女店員摀嘴偷笑，「沒問題，請稍等，我馬上拿出來。」

店員一離開，俞思晴便不滿地朝巴雷特抱怨：「你、你在說什麼？我們才不是在約會，也沒有在交……交……」

巴雷特微笑著轉過頭，注視俞思晴。「在幻武使的世界，我只是個武器ＡＩ，但在這裡，就能夠不用顧慮身分。」

他的笑容幾乎要勾走俞思晴的魂。自己喜歡的人說出這樣的話，她很難再繼續矜持下去。

兩人相握的那隻手熱得發燙，她卻一點也不想鬆開。

俞思晴低下頭，不想讓巴雷特看到自己現在的窘態，但巴雷特還是能從她赤紅的耳尖一窺端倪。

「來，這幾樣是我們店鋪老闆幾天前剛完成的新武器，兩位看看。」

一道聲音打斷兩人之間的曖昧氣氛。女店員將懷裡的武器全攤在桌面，展示給兩人看。

俞思晴嚇了一跳，連忙把手抽回，把注意力轉移到這些副手武器上。

她叫出系統，仔細端詳這些副手武器的資料。

女店員看到俞思晴的系統畫面，這才驚訝地會意過來。

「哎呀，真是失禮。原來您是幻武使？」女店員有些不好意思的看著她和巴雷特，「不好意思，我還以為兩位是情侶。」

封測開始到現在，幻武使的武器ＡＩ搭檔都已經確定好了，加上目前系統內並沒有封頂玩家，所以奧格拉斯內的武器ＡＩ和ＮＰＣ自然都不認為會在這時候見到幻武使。

「沒關係，我們無所謂。」巴雷特並不覺得困擾，反而感到開心。

女店員看到巴雷特閃閃發光的笑臉，害羞地摸頭髮。

「那、那個，兩位怎麼來的？」

「透過這個。」俞思晴拿出寶石，「我們是來找鍛造師的。」

沒想到女店員一看到她手中的寶石，臉色大變，甚至有些畏懼地往後退了兩步。

看她的反應如此激動，俞思晴便收起寶石。

「請問，這顆寶石有什麼問題嗎？」

也許是誤解，也許是她想太多，但很明顯女店員肯定知道什麼。

女店員臉色鐵青地搖搖頭，「不、不好意思，可否請兩位離開我們店裡……求求妳……」

這種違和感已經不是第一次了，俞思晴雖然還想追問，女店員卻已經逃也似地躲回櫃檯後面的倉庫，完全不給她機會。

俞思晴看了一眼巴雷特，他和她同樣感到疑惑。這麼說，寶石的真相只有NPC知道嗎？

「我們離開這裡吧，巴雷特。」

「可是小鈴妳不是想買副手武器？」

「現在不是說這個的時候。」俞思晴拉住他的衣服，低頭懇求，「算我拜託你，先跟我一起離開這裡。」

巴雷特垂下眼簾，握住她的手。

「小鈴去哪裡，我就去哪裡。」

兩人離開店鋪，來到鍛造街道盡頭的樹下休息。

俞思晴後來去其他幾家店鋪嘗試，果然不出她所料，所有NPC在看到寶石後，都臉色大變地急著趕他們走。

「這顆寶石果然有什麼問題。」俞思晴把它拿出來，放在陽光底下細看，「這樣根本沒辦法幫你提升能力值。」

她用私訊系統聯絡安娜貝兒，但包含安娜貝兒在內的另外四人，都沒有發生跟她一樣的問題。

「真奇怪……實在搞不懂啊……」她喃喃自語地將寶石收回系統裡，順便翻了一下剛才買的幾把副手武器。

就算買到她覺得不錯的好商品，但寶石和巴雷特的問題，依舊令她煩惱不已。

「小鈴，我回來了。」巴雷特提著袋子在她身旁坐下，「這是我故鄉的特產，甜豆湯。是女孩子會喜歡的口味。」

雖然說是「湯」，卻是用吸管喝的。俞思晴從他手裡接過來，喝了一口，立刻被這甜甜的味道擄獲。

「這是什麼？」她欣喜地多喝兩口，「好好喝！」

遊戲內的食物並不會讓玩家得到飽足感，但還是能嚐到味道，部分食物也能短時間內提升部分技能或提高掉寶率、經驗值等。

巴雷特買來的甜豆湯沒有附帶任何效果，即便如此，俞思晴還是吃得很開心。

「妳喜歡就好。」巴雷特很開心地把自己那杯遞給她，「想喝的話這裡還有。」

「你也一起喝啊，這樣才有出來玩的感覺。」她嘟著嘴，不滿地抱怨：「是你說今天要放假的，既然是放假，就不要老用對待主人的方式和我待在一起。」

「咦？那妳的意思是，今天我可以當小鈴的男朋友？」

俞思晴差點被甜豆湯嗆到。

她低下頭，滿臉通紅，「你、你到底是怎麼解讀我的意思？男男男、男朋友什麼的……」

巴雷特笑而不語，不動聲色地握住俞思晴的手。

俞思晴驚慌地抬起頭，就看到巴雷特慢慢靠向自己。

她的身體僵硬得無法動彈，下意識地閉起雙眼。

沒過幾秒，就感覺到有柔軟的東西貼在她的臉頰上。

她摸著被親吻過的地方，睜開雙眼，沒想到巴雷特趁著這個機會吻上她的唇。唇瓣的觸感軟軟的，還帶著一點點彷彿電流通過般的刺激，令她身體酥麻。

巴雷特慢慢離開她，眼神寫滿無限的溫柔。

他伸舌舔過嘴唇，「都是甜豆湯的味道。」

俞思晴一時無法動彈，只能小聲抗議。「你你你、你居然……」

「小鈴想要再來一次嗎？」

「我才沒這麼說！」

俞思晴想阻止打算再湊過來的巴雷特，但力氣終究比不過他，就這樣被他壓倒在草地上。

毫無防備地打開雙臂，俞思晴覺得自己完全暴露在那赤裸裸的眼神下。

「巴、巴雷特，不要再鬧了……」

「鬧？我一直都很認真。」一反平常的溫柔，巴雷特的眼神認真得令俞思晴心頭一緊。

他躺下來，將俞思晴擁入懷中。

俞思晴縮起身體，緊抵雙唇，聽著自己心臟狂跳不止的聲音。

過了許久，巴雷特都沒有反應，俞思晴有些好奇地開口詢問：「巴雷……特？」

巴雷特沒有回應，已經在她懷裡沉沉入睡。

俞思晴嘆了口氣，伸出手，小心翼翼地摸著他的頭髮、臉頰，還有那雙不久前才吻了她的嘴唇。

光是這樣和巴雷特一起待著，就讓她覺得幸福不已，看來她真的病得不輕。

即便知道巴雷特只是武器ＡＩ，可她的心情還是受到影響，完全被牽著鼻子走。

就這麼一次，她好希望大神下凡的猜測是對的……

她摟緊懷中的巴雷特，永遠也不想放開。

「嗶嗶！嗶嗶！」

系統提示聲打斷她的思緒。俞思晴躺在草地上打開系統。

然而，既不是其他玩家傳來的訊息，也不是系統的公告信，而是封沒有寄件人的亂碼信。

亂碼最後是幾個數字，看起來像是座標。

俞思晴半信半疑地將數字輸入，沒想到顯示的地點竟然是神殿。

到底是誰發這種信？她思索著各種可能性，卻怎麼也想不透。

唯一能夠確定的是，有人正在暗中替她牽線，要她順著安排好的步驟跳入陷阱。

大神下凡？不，不可能是他。

那麼剩下的，只有一種可能性——

創造《幻武神話》的遊戲公司。

「人家費心替我設計好的陷阱，不跳的話對不起他們啊。」俞思晴喃喃自語，看著藍天裡流動的白雲。

這個世界不像是虛構的，無論是景色、氣味、強烈的存在感，甚至是居住在此處的那些ＮＰＣ，一個個看起來都詭異卻又真實到不行。

要不是因為大神下凡說了那種話，恐怕她也不會深入地往這方面思考，要怪就怪自己不該帶著好奇心和大神下凡見面。

俞思晴想了下，決定還是聯繫大神下凡。這對她來說也算是種保險，免得她去了奧格拉斯神殿後，就這樣人間蒸發。

「巴雷特，快點起床。」她輕拍巴雷特的臉頰。

但巴雷特睡得香甜，說什麼也不肯睜開眼睛。

「起、床！」俞思晴不爽地拉扯他的臉頰，一點也不手軟。

「痛！好痛啊小鈴。」巴雷特總算心不甘情不願地爬起來，摸著臉頰，哀怨地看著她，「難得能霸占小鈴一整天……」

「雖然不知道你哪根筋不對，但我們還有正事要做。」俞思晴指著奧格拉斯神殿，「接下來就去那裡約會吧。」

巴雷特愣了下，但一聽到她說「約會」兩個字，就變得十分開心。

「只要是小鈴想去的地方，不管是哪我都奉陪。」

俞思晴不禁苦笑。

巴雷特那張臉帥氣得能輕而易舉地擄獲女孩子的心，又是個絕佳的武器ＡＩ伙伴，強大又聰明。然而現在的他卻像個孩子，會故意對她撒嬌、耍任性，這種事情可是以往見不到的啊。

「巴雷特，你……」俞思晴眨眨眼：「你該不會有雙重人格吧？」

巴雷特忍不住笑出來。「怎麼會得出這樣的結論？」

「啊，不……因為你回到奧格拉斯之後，性格變得很不一樣，我有點不習慣。」

「小鈴討厭我這樣嗎？」

「咦？當然不會討厭，只是有點意外。」

「所以，小鈴喜歡什麼樣的我？」巴雷特湊近她的臉，直盯她的雙眼，不讓她有逃開的機會。

俞思晴被他逼得沒辦法，只好老實回答：「都、都不討厭……」她就是對巴雷特的笑容沒有抵抗力啊。

「神殿對吧。」巴雷特突然開口。

俞思晴腦袋一時沒跟上，停頓半晌才點點頭。

「那裡也有個鍛造師。」

「哎？」這情報倒是出乎意料之外。

「那位大人是奧格拉斯之神專屬的鍛造師。這條街的鍛造師見到寶石的反應都是那樣，或許那位大人會有不同的態度。」

「你認識那名鍛造師嗎？」

「所有的武器ＡＩ都知道那位大人，只是沒幾個人親眼見過他。」

「神祕兮兮的，」俞思晴都起嘴，「感覺會是個難搞的老頭。」

「哈哈！」忍不住笑出來，巴雷特起身牽起俞思晴，諱莫如深祕地說：「等一會妳就知道了。」

第二章　神之鍛造師（下）

Sniper of Aogelasi

奧格拉斯神殿無論是近看還是遠觀，都令人非常驚艷。

白色大理石建造的宮殿，看起來就像是希臘神話中神明的居所，不過這裡畢竟是奧格拉斯神殿，只供奉著武器ＡＩ們信奉的「神像」。

奧格拉斯神是個滿臉落腮鬍的中年大叔，身材壯碩，挺胸坐在石椅上。

四周的牆壁刻有四大種族的歷史，旁邊還有個歷史悠久的圖書館。據巴雷特解釋，那裡放置著武器ＡＩ的歷史和祕密，一般的ＮＰＣ和幻武使都不能踏入，管理相當嚴格。

俞思晴認真地閱讀牆壁上刻寫的歷史，巴雷特不敢打擾，便和神殿的ＮＰＣ商討見那位鍛造師大人的事情。

換作平常，神殿ＮＰＣ肯定不會輕易搭理他，但他們看到俞思晴的瞬間，似乎就決定答應他的請求。

關於這點，巴雷特也覺得有些奇怪，卻沒有告訴俞思晴。

以他的立場，他無法說些什麼，但至少他能待在俞思晴身邊。

「小鈴，他們會去裡面通報，我們在這裡等候通知。」

「就在神殿門口等？」

「妳累的話，那裡的石臺可以坐。」巴雷特直覺反應，就這麼回答了。

俞思晴連忙否認，「不，我不是這個意思。只是……你說過平常很難見到他，所以我原本以為會帶我們到什麼隱藏房間見面。」

「我也不清楚，但ＮＰＣ不會說謊。」

「說的也是。」

俞思晴很期待見到那名鍛造師。從牆壁上敘述的歷史來看，那名鍛造師似乎是奧格拉斯神的伙伴，同時也是負責「修復」神的鍛造師。

也就是說，奧格拉斯神是個武器ＡＩ。但牆上沒有提到奧格拉斯神的使用者是誰。

既然是武器ＡＩ，就必定會有個使用者。

「總覺得安他們的情況和我們有點不同。」

聽完安升級武器ＡＩ的經過，讓俞思晴忍不住懷疑，是不是這名鍛造師匿名給她座標位置，引誘她過來。

而她更關心的是，見到這名神祕兮兮的鍛造師之後，是否能解開《幻武神話》頻繁出現 BUG 的問題？

俞思晴正思索著，忽然感覺到有人盯著自己看。

然而這種毛骨悚然的感覺，並非因為被窺視，而是因為那其中赤裸裸的殺意。

果不其然，一道黑影迅速竄出，手持長刀往兩人揮砍。巴雷特和俞思晴同時往左右兩側閃避，險險躲開刀鋒。

面對這突然出現的攻擊，兩人感到非常錯愕。

這裡可是奧格拉斯神殿大門，還是遊戲中的安全區，怎麼可能會有人攻擊過來！

俞思晴對此感到驚訝，卻不是特別意外。

她早已習慣這款遊戲頻繁出現的BUG，現在再多添一筆，也沒什麼區別。

「巴雷特！」

她一甩右手，對面的巴雷特化作白色旋風，隨即白色的狙擊槍在她的掌中凝聚成形，白色絲巾獵獵飛舞。

野性的直覺告訴她，眼前的對手非同小可，若不拿出全力應對，恐怕會輸得很慘。

對方從地面拔出長刀，慢慢轉過頭來。

出現在俞思晴眼前的陌生男人，有著一副纖弱的身軀，凶惡的眼神與皺起的眉頭絲毫不影響他美貌的外表，整個人看起來有如從雜誌裡走出來的模特兒。

因為巴雷特的關係，對「帥哥」已經有抵抗力的俞思晴眼睛眨也不眨，舉槍瞄準。

沒想到對方速度竟比她更快，她還來不及扣下扳機，男人便不見蹤影。

俞思晴著實吃了一驚。要知道，單比速度的話，排行榜前三名的玩家都未必能夠贏得過她。

還來不及思考對方的去向，眼角餘光瞬間捕捉到一道刀光，俞思晴連忙壓低身體。

果不其然，刀口從她頭頂上劃過，差那麼一點她就要變成刀下亡魂。

俞思晴趁機將絲巾纏繞在對方手腕上，總算把人捉住。

絲巾牢牢束縛著那人的手臂，俞思晴順勢調轉槍口，直接扣下扳機。

子彈劃過男人的臉頰，留下一道血痕，對方的眼神卻毫無動搖。

俞思晴被他的視線憾住，短短幾秒腦袋竟然一片空白。

「小鈴！」

直到聽見巴雷特的聲音，俞思晴才回過神，然而陌生男人的刀也已經朝自己刺過來。

對方完全沒有打算逃走，一逕地朝她揮砍攻擊，逼得俞思晴只能狼狽閃躲，沒有時間再舉槍射擊。

這樣看起來根本就不像她抓住對方，反而是她被對方的行動限制了。

於是俞思晴鬆開絲巾，往後一蹬拉開距離。

雖然長刀沒有傷到她的肌膚，卻劃開了她的衣服。

她稍微估算了下，「胸口一刀、四肢七刀，然後……」

用手指抹去眼角下的傷痕，放在嘴邊舔了一口，「臉上三刀嗎？」

手指夾住小瓶紅水，快速恢復身上的傷勢，但被劃破的衣服卻沒有辦法修復。

她的視線始終放在對方身上，一秒都不敢離開。

只見他再次衝過來，俞思晴也舉槍正面迎敵。

長刀與狙擊槍一攻一守，稍有分心都不行。俞思晴專注地看著對方的攻擊模式，漸漸習慣他的速度，抓住他攻擊時的間隙，一口氣將槍口貼上前。

狙擊槍成功地擋住長刀的攻擊路線，對準對方的眉心。

在零距離的射擊下，沒有人可以全身而退。

「對自己的速度太過自信，是你的敗因。」俞思晴的絲巾牢牢捲住長刀，用力將它奪過來，遠遠甩到後頭去。

對方的眼神仍舊凶惡，不過臉上卻多了一抹笑意。

他舉起雙手，表示投降。

俞思晴慢慢收回狙擊槍，「你是誰？為什麼要攻擊我。」

「因為我想看看，巴雷特的幻武使是個什麼樣的人。」

俞思晴愣了下。她懷中的狙擊槍變回人形，不太高興地站在俞思晴面前，提出抱怨。

「請您別做這麼危險的事，小鈴是我最重要的人，萬一傷了她，您可賠不起。」

「呵，還真敢說。」男人拍了拍巴雷特的肩膀，「不過，你的幻武使確實不錯，我很滿意。」

「當然，小鈴是最強的。」

在突然受襲的情況下毫不怯戰，甚至沒有動用技能就分出勝負，俞思晴在他心裡的評價大幅提升不少。

聽著兩人熟稔的對話，俞思晴反而不知道該作何反應。

「巴雷特……這是怎麼回事？」

「對不起，嚇到妳了。」巴雷特趕緊轉身安撫俞思晴，「這位大人是——」

「等等！讓我自己來。」男人推開巴雷特，笑嘻嘻地來到俞思晴面前，友善地伸出手，「初次見面，白色狙擊槍的幻武使。我叫做繆思。」

「你……好？」俞思晴歪著頭，猶豫地握住他的手，「那個，你突然攻擊我做什麼？」

「如我剛才說的，只是想試試妳。」繆思摸著下巴，上下打量俞思晴，直到視線被黑著臉的巴雷特擋住。

「請您不要做多餘的事。」

「才不多餘，我是為了你好。」

「用不著，我好得很。」

「你這孩子還真是不討人喜歡。」繆思聳肩。

俞思晴有些懷疑地問：「不好意思我插個話，你該不會就是……」

繆思勾起嘴角，「沒錯，我就是奧格拉斯之神的專屬鍛造師。」

果然！俞思晴的心頭狠狠震了一下。

「……是你把座標傳給我的嗎？」

她問得很小聲，刻意不讓巴雷特聽見。

繆思對上她充滿疑問的目光，用眼神朝她示意。

看來她想得沒錯，找她來的人果然就是繆思，而且他擺明就是想對巴雷特保密。

他到底藏著什麼事情，不想讓巴雷特知道？

「跟我來，幻武使。」

俞思晴點點頭，從巴雷特背後走出來。

眼看兩人要離開，巴雷特也跟著走上前，卻被門口的ＮＰＣ擋了下來。

「這是什麼意思？」巴雷特的嗓音隱藏著些許怒火。

兩名ＮＰＣ不為所動，像根石柱，連開口都不肯。

俞思晴看到巴雷特被攔住，也跟著停下腳步。

走在前頭的繆思回過頭來向巴雷特解釋：「我要和你的幻武使私下討論一些事情，你先跟我那兩個徒弟到裡面的房間準備升級。」

巴雷特愣了下，垂下雙眸。

「我們還沒提來找您的原因，為什麼您會知道……」

「沒有我不知道的事，尤其是和你有關的。」繆思嚴肅回答，不給巴雷特反駁的機會。

俞思晴被夾在中間，左右為難，但她確實也有事情想要私下和繆思談。

「在這裡等我，巴雷特。我很快就回來。」

沒想到俞思晴竟然會這樣說，巴雷特不由得一愣，立刻用凶惡的目光瞪向繆思。

繆思微笑著，不把他當回事，甚至故意在巴雷特的面前攬住俞思晴的肩膀。

「跟我來。」

俞思晴點點頭，跟著他走入神殿裡。

被留下的巴雷特只能獨自生氣，既不安又擔心。

俞思晴被帶入繆思的居所。

牆上掛滿各種武器，還有三、四個堆滿書的書櫃，兩個打通的房間，一間放著床鋪，一間則放著辦公桌。

在繆思的示意下，她坐在辦公桌對面的沙發，沒多久面前被放上一杯熱騰騰的紅茶。

「請用。」繆思說完，拿著自己的杯子坐在她對面。

為表善意，俞思晴先喝了一口茶，淡淡的茶香讓她下意識地露出微笑。

「好好喝。」

「妳喜歡就好。」繆思微笑著翹起腿，向後靠在沙發上，「那麼，我們來談正事吧，免得讓巴雷特等太久。我可不想被那孩子討厭。」

從剛剛開始，俞思晴就覺得這裡給人的感覺不像是在遊戲內，而是一個新世界。在她面前的繆思，也不像ＮＰＣ那般死板，簡直就是擁有思考能力的活人。

「這可不像是刻意在巴雷特面前摟著我肩膀的人說的話。」俞思晴又喝了兩口，才把茶杯放下，抬起眼看著那張微笑的俊俏臉龐。

繆思笑了笑，「巴雷特很少和人親近，所以看到他跟妳的感情這麼好，我就忍不住使壞了。」

「所以呢？」

「嗯？」

俞思晴雙手環胸，直接了當地開口問：「在你眼裡，我有資格成為巴雷特的幻武使嗎？」

沒想到她會這麼問，繆思忍不住笑了出來。

「呵，妳真有趣，我似乎明白為什麼巴雷特會喜歡妳。」

俞思晴臉頰瞬間漲紅，很不習慣聽到有人說巴雷特喜歡她這種話。

雖然是事實。

任誰都看得出來巴雷特對她的感情，早就已經超越武器與幻武使之間的關係。

但也僅此而已，她不打算再往下思考。

「妳確實是適合巴雷特的幻武使，我很放心。」

「多謝讚美，那麼，你找我來是為了這東西？」

俞思晴從系統裡拿出寶石，放在桌上。

繆思冷冷地盯著桌上的寶石，沉默許久才開口：「果然沒錯……」

「什麼意思？」

繆思拿起寶石，夾在兩指間，「妳知道這是什麼嗎？」

俞思晴眨眨眼，歪頭道：「提升武器ＡＩ能力的道具？」

把這東西給她的ＧＭ是這樣說的，可繆思會這麼問，表示肯定不是。

不出所料，她看見繆思一臉嚴肅地搖頭。

「這並不是提升武器ＡＩ能力的道具。」

俞思晴瞇起眼，「我想也是。」

「呵，妳早有察覺？」

「算是吧，光是那些鍛造師的反應，再加上你問我的問題，並不難猜測。」

「妳確實是個聰明的女人，看來巴雷特看上妳，不單單是因為妳的戰鬥技巧。」

繆思把寶石握在掌心裡，「恕我直言，泡泡鈴小姐，這顆寶石是武器ＡＩ的碎片，需要使用特殊手段才能夠取出，而這項技術在奧格拉斯是被禁止的。」

俞思晴摸著下巴，喃喃自語。

「怪不得，其他鍛造師見到這顆寶石會如此害怕，原來這是禁忌。可是ＧＭ怎麼會給我這種東西，難道是搞錯了？不，沒道理……」

見俞思晴陷入自己的思考，繆思忍不住打斷她。「將這東西交給妳的那位ＧＭ，恐怕不是妳那個世界的人，而是另有其人。」

「其他人？該不會是駭客之類的……等、等等，你剛剛說什麼？」

「我說，很有可能是其他人把這東西交給妳的。」

「不，我是說另外一句。」

「呃……」繆思思考了一下，抬起食指，疑惑地問：「給妳寶石的不是妳那個世界的人？」

俞思晴猛然起身，瞪大雙眼看著繆思。

繆思被她的反應嚇了一大跳，「妳為什麼如此驚訝？」

「什麼為什麼！你、你這句話根本就是……」

「證實了妳和妳朋友的猜測嗎？」

此話一出，俞思晴再次愣住。

但她隨即迅速拿出副手武器，拉開弓將光箭對準繆思。

繆思動也不動。他知道俞思晴不會下手。

繆思的沉默，讓俞思晴更加不爽。

「……這件事發生在現實世界，我從未跟任何人說過，你究竟是怎麼知道的？」

「這裡有許多特殊的武器，除了戰鬥之外，還有能夠輔助使用者的道具ＡＩ。」

繆思悠然自得地品茶，「當然，在《幻武神話》裡，並沒有道具ＡＩ的存在，僅限於我們這裡。」

「道具……ＡＩ？」

俞思晴確實沒有聽說過這個設定，卻又不得不相信繆思說的話。

但就算他說的是實話，也不能解釋他為什麼會知道她跟大神下凡在現實見面。

繆思話鋒一轉：「巴雷特是不是說過，他想知道他是誰。」

俞思晴握緊了手中的弓，不發一語。

「你們是不是還遇到了脾氣火爆的雲豹？」

她的手開始微微顫抖起來。繆思簡直就像是一直跟在他們身邊，從頭看到尾一般，對他們的經歷瞭若指掌。

繆思起身，來到俞思晴面前，輕輕將手覆上在她的手背，讓她把弓放下。

迷茫的心情讓俞思晴失去反抗的力氣，回過神來才發現自己已經放棄攻擊。

她收起副手武器，不服輸地皺起眉頭，對上他的眼睛。

「把你知道的事情全都跟我說。《幻武神話》，還有奧格拉斯，究竟是什麼？」

「妳是被巴雷特選上的人，我自然相信妳。正是因為要告訴妳事實，才會刻意將妳找來這裡，甚至支開巴雷特。」

他收回手，嘆口氣，「妳和妳朋友的推測並沒有錯，奧格拉斯確實是真實存在的世界，但卻出了點差錯，導致我們只能在你們世界創造出的這款遊戲裡存活。」

俞思晴靜靜地聽著。

簡而言之，奧格拉斯是一個異界，原本的存在空間因為武器間的戰爭而瀕臨毀滅，無法繼續居住，於是他們選擇俞思晴的世界做為新居處。

但他們無法一次性全部穿越，於是有幾個人先過來做準備。

經過多年嘗試，他們決定利用實境網遊連接兩個世界，因而成立遊戲公司，創造出《幻武神話》這款遊戲。

「我不懂，既然你們創造《幻武神話》只是想要將整個世界拉過來，那為什麼還要推出這款遊戲，讓我們玩？」

「那是因為，出了點問題。」

繆思知道俞思晴是聰明人，也許是因為她早就已經有所懷疑，所以很容易就能接受他的說詞。

而他也基於信任，回答俞思晴的所有問題。

「即使將兩個世界相連，我們也很難把所有人帶過去。所以，到妳的世界去的那派人，打算用比較偏激的方式處理這個問題。」

「偏激？」

「一命換一命。他們打算利用幻武使的身體，把我們的族人一個個穿越到妳的世界去。」

聞所未聞的計畫被攤在俞思晴眼前。

「這種事情……做得到？」

「做得到。」繆思點點頭，「奧格拉斯的魔法，和妳世界裡的程式類似，因此在使用上很像實境網遊。他們便是利用這點，製作了能讓兩個世界的人共存的《幻武神話》，目的就是要將你們串連起來。」

透過繆思的話，俞思晴漸漸恍然大悟。

「也就是說，沒有人能進入荒蕪沙漠，是因為這裡……」

「嗯，這裡是武器們的世界，也就是武器AI們的故鄉。」

「那初期進入的那個武器村？」

「是以奧格拉斯為原型拷貝出來的世界。」

「所以我現在是穿越了嗎？」俞思晴不自覺地握著長髮，思考著，「不可能，若我真的穿越到你所說的這個異界，為什麼我的外貌還是遊戲角色？」

「因為妳這次穿越是透過《幻武神話》這款遊戲。不過，因為這裡也是『現實』，所以要是妳在這裡受傷，可不會只是單純地只是掉幾滴ＨＰ。」

「我……以遊戲角色的身分……穿越到這裡？」

「可以這麼說。」繆思將寶石放在俞思晴的掌心裡，「妳是因為它的力量，而能夠短暫存在於我們的世界，等到我處理完，妳就得離開，不能再回來。」

「處理完？你要做什麼？」

繆思笑道：「我剛才不是說過，這顆寶石是巴雷特的武器碎片？」

「是有這麼說過。」

「現在的巴雷特並不完整，將這顆寶石歸還後，他的力量才會回歸『正常』。」

「不完整？什麼意思？巴雷特現在究竟是……」

「現在的他，力量只有以往的一半。」

「什麼！」俞思晴大驚。

「不用擔心，把這寶石和巴雷特分離的人，正是他自己，我不過是從旁協助他。也因為這樣，他的部分記憶都在這顆寶石裡。」

「所以……巴雷特沒有瞞著我或欺騙我……是因為他不記得了？」

「是的，他的目的是要潛入《幻武神話》、阻止這一切，為此他必須先這麼做。」

「光靠他一個？」

「他是這麼打算的。我也勸過他，但他固執得不聽人話。」繆思搖搖頭，「我本來很擔心和他搭檔的幻武使沒有辦法接受我的說明，也沒有能力協助他，不過，我很慶幸他遇到的人是妳。」

俞思晴能明白繆思的心情，雖然她現在還有點懵懂。一半的巴雷特在這顆寶石裡，光想到這點，她就感到一陣心疼。不惜做出這種事情也要阻止自己的同伴，她可以感受到巴雷特強烈的決心。

「《幻武神話》裡有很多場景都是從這裡切割過去的空間，包括你們之前打的那場攻城戰。」

「也就是說每個場景不相連嗎？」

「對，讓幻武使多次穿越這些空間，也是為了讓武器ＡＩ與幻武使之間的穩定度更高。」

「那麼這顆寶石……為什麼會選在這個時候出現？」

繆思搖頭，「我也不清楚，巴雷特只讓我把寶石隨機扔到《幻武神話》裡，可能是想在某個角落隨機找到吧。」

「可是這顆寶石是GM給我的，也就是說……」俞思晴握緊寶石，「GM裡面有巴雷特的同伴，不然就是有人已經察覺到巴雷特的計畫，想利用這個機會找出是誰在暗中協助他。」

若是後者，就表示她被人當成誘餌，繆思的處境恐怕會變得相當危險。

俞思晴擔心地看著繆思，卻發現他的表情一派輕鬆。

「繆思，你可能會有危險。」

「我知道，早在答應巴雷特時，我就做好心理準備了。」繆思摸摸俞思晴的頭，「所以我必須在這之前，盡快把巴雷特修復完畢，這才是我出現在你們面前的真正目的，同時也是當初我和巴雷特的約定。」

只要巴雷特找到寶石，他就會知道。

然後他就能將巴雷特牽引到這裡，讓他以最佳的狀態去應戰——這是他將巴雷特分離時說好的計畫。

「妳在這裡等吧，很快就好。」

「啊……等、等等。」俞思晴見他要離開，下意識抓住他的手。

繆思轉過身，和藹可親地微笑著。

就在她打算詢問巴雷特在計畫什麼的時候，門突然被推開。

不知道用什麼辦法甩開ＮＰＣ，巴雷特冷著一張臉站在那裡，見到兩人握住的手，更是火大。

他快步走進來，硬是把俞思晴的手抓回自己懷裡。

「小鈴，我們走。」

「咦？巴雷特，等一下，我還沒——」

俞思晴不懂他為什麼會這麼生氣，而且她還有很多事情想問。

眼看就要被巴雷特拉出房間，俞思晴用力站穩腳步，把手抽回來。

巴雷特愣在原地，空空的掌心裡失去她的體溫，頓時令他的心涼了大半。

「小……鈴？」

露出受傷表情的巴雷特，讓俞思晴連忙解釋：「不、不是，巴雷特，你別誤會，我和繆思有重要的事情要談。」

「是什麼重要的事情，非得支開我？」巴雷特的眼神瞬間變得凶惡，語氣冰冷。

感覺到巴雷特的怒火，俞思晴一震。

巴雷特看到俞思晴害怕的目光，才驚覺自己太過野蠻，內疚得緊咬下唇，低頭不語。

俞思晴知道，就算他再生氣還是會顧慮自己，巴雷特就是如此善良又溫柔的人。

而這樣的他，竟然會做出這種犧牲。

所以，這件事她不能當作沒聽到。

然而不管他是遊戲程式，還是異世界的人，她都不能喜歡上他。

所以——她會盡全力協助巴雷特，只要他還需要她。

「巴雷特，我們來這裡的目的是提升你的力量。」她握緊拳頭，重新對上巴雷特的雙眸，將隱藏在心底的感情，徹底扼殺，「只有繆思能做到，這不就是我們來這裡的目的？」

巴雷特握緊拳頭，露出難受的表情。

「我……我知道，我只是不喜歡小鈴妳不在我的視線範圍內，還和別的男人獨處。」

「這不是第一次吧？再說，武器ＡＩ不該過度干涉主人的私事。」

俞思晴從未用這樣的語氣對他說過話，巴雷特的心彷彿被人重重一擊，痛得快窒息。

他不明白，也不知道該怎麼用言語形容現在的感覺，他只知道自己不想被俞思晴討厭，更害怕被她拒絕。

「小鈴，我……」

「別像個孩子一樣黏著我，我討厭跟屁蟲。」俞思晴雙手扠腰，嘆口氣，主動牽住巴雷特的手，「接下來我要把你交給繆思，你能答應我乖乖配合嗎？」

巴雷特呆愣地看著俞思晴，卡在喉嚨的話，終究還是沒說出口。

等回過神來，自己已經答應了她的請求。

「……好。」

俞思晴重新展露笑容，很快地把手鬆開，回頭朝繆思說：「那麼，巴雷特就暫時麻煩你了，神之鍛造師。」

繆思還是第一次見到這麼容易就把巴雷特控制住的人，忍不住笑出來。

不久前他還以為接下來會迎來修羅場，但俞思晴卻輕而易舉地瓦解危機。

這女孩不只是聰明，還比任何人都會算計。

和俞思晴交換眼神，繆思招來幾名ＮＰＣ，「我會好好照顧他的，這段時間，就讓牠代替巴雷特陪著妳吧。」

繆思彈指，黑色球體出現在俞思晴的眼前，「啵」的一聲變成毛茸茸的黑色小蝙蝠，脖子圍著一圈白毛，兩眼水汪汪的，相當可愛。

「在下是薩維弩，請多指教。」

這樣算是監視嗎？俞思晴忍不住這麼想。

「要多少時間？」她沒理會蝙蝠，轉頭問繆思。

繆思回答：「大概半小時，之後需要三小時左右的自我修復時間。」

如果她還在遊戲裡，這樣的時間長度她肯定要先下線休息，但這裡是異界。

若繆思說她穿越的事情是真的，那麼，她應該不會因為長時間登入而被強制登出，可是這樣的話，難道不會影響她在遊戲裡的登入時間？

繆思笑盈盈地看著她，「還是妳想待在神殿等候？我可以差人準備房間。」

「不了。」俞思晴果斷拒絕，「反正你已經找這隻蝙蝠來監視我，待在房間裡太可惜了。我可以把這傢伙當成嚮導，在這附近晃一晃嗎？」

「當然可以。」繆思並沒有否認讓蝙蝠監視她的事實，面對聰明的俞思晴，最不需要的就是拐彎抹角的隱瞞。

不過，該說的話他還是會說。

「薩維弩會陪著妳，有什麼問題就問牠吧。另外，我先提醒妳一件事。」

「什麼？」

「這裡並不像《幻武神話》內那樣和平，妳要注意自身安全。還有，在這裡妳依舊能夠使用妳的角色，戰鬥力及身體數值這些並不會受到影響。」

「在你突然搞偷襲的時候，我就知道了。」俞思晴雙手環胸，長聲嘆息，「簡單來說，把這裡當成遊戲玩就好。」

只不過，一不小心可能會丟掉小命。

「有什麼事我會讓薩維弩通知妳。」

「這隻蝙蝠還真好用。」

「牠是通訊用的道具ＡＩ。」

「哦……」俞思晴這才終於願意正眼看著蝙蝠，上下打量牠，頗有興趣。

繆思對巴雷特說：「那麼，我們也差不多該去做準備了，巴雷特。」

巴雷特沉默幾秒，才邁步走向繆思。

「我晚點再來接你，要乖乖的哦，巴雷特。」俞思晴對著背對自己的巴雷特喊著。

但巴雷特連頭也沒回，就這樣安靜地隨著繆思離開。

俞思晴內心複雜，卻也無可奈何。

三個半小時後，巴雷特就不會是現在的巴雷特。

她一方面覺得期待，一方面又感到害怕。

取回完整力量和記憶的巴雷特，會是個什麼樣的人？

——還會那麼喜歡她嗎？

「我們走吧，小蝙蝠。」

「那個……我的名字叫做薩維弩。」

「先帶我去有趣的地方逛逛吧。」

俞思晴根本沒有把薩維弩的話聽進去，無可奈何的薩維弩，只好任由她把自己當成寵物對待，拍動那雙小翅膀跟上她。

第三章　槍與幻武使（上）

Sniper of Aogelasi

不久前才得知此處是異世界的俞思晴，並沒有太大的實感，畢竟逛起來和玩《幻武神話》的感覺十分相似。

說到穿越，通常不是應該更加華麗一點？

她問了薩維弩一些事。這個叫做奧格拉斯的異界，是以他們信奉的神為名，而所使用的魔法，真的就像系統一樣，這點倒是和繆思告訴她的相同。

也因為這樣，她剛穿越來時開始真的以為自己還在《幻武神話》裡。

計畫果然永遠都趕不上變化。

「小鈴小姐，妳還真奇怪。」聊了一段時間後，薩維弩已經和俞思晴混熟，也省下用敬語說話的麻煩，只是牠仍舊被當成寵物對待，現在還被俞思晴當成娃娃，緊緊抱在胸前。

牠這個道具AI可不是這樣使用的啊——

「我哪裡奇怪？」俞思晴四處張望。每個地方對她來說都相當有趣，和以往在玩遊戲的情況完全不同。

一旦知道這裡也是「現實世界」，她就按捺不住好奇心，像個觀光客似地對什麼都有興趣。

「普通人聽到剛才那些話，不會像妳這麼快就接受。」薩維努懷疑地盯著俞思晴看，「妳該不會是我們的敵人吧？」

薩維努的懷疑是有道理的，俞思晴自己也感到訝異。她明明排斥大神下凡的猜測，卻在聽過繆思的解釋後完全釋懷。

她從沒想過，自己竟然會是如此單純的人。

「我只是眼見為憑，畢竟我現在就待在異世界裡，不是嗎？」

「妳真是個奇怪的女孩子。」

「別老說我奇怪啦……」俞思晴無奈道。

也許她真的被大神下凡的猜測影響，內心開始期待巴雷特是真實存在的人，所以當她聽到繆思的解釋後，才能這麼快接受。

但打死她都不會把這個事實說出來。

「奧格拉斯是個很漂亮的地方，我很慶幸能夠來到這裡。」

「只可惜……快要撐不下去了。」薩維努語重心長，聽得出牠有多麼不捨，「現在妳看到的不過是少部分還沒崩壞的地方。大陸的各個角落都已變得殘破不堪……所以繆思大人和巴雷特他們才會如此緊張。」

「啊，對了對了，剛剛我就想問，你們這裡，武器ＡＩ就叫武器ＡＩ嗎？」

「蛤？這是什麼問題……」

「只是好奇，因為我看你們把ＡＩ和ＮＰＣ這些遊戲裡的專有名詞，說得很習慣。」

薩維弩搖搖頭，「我們的語言和妳的語言有點出入，但要用魔法學習你們的語言並不困難。武器ＡＩ和ＮＰＣ只是剛好翻譯過來的名詞，妳不必太在意。」

「還真好玩。」

「好玩？通常聽到這些話，應該會感到害怕混亂吧？妳為什麼看起來沒事？」

「為什麼要感到害怕？這裡是巴雷特的故鄉啊。」

「這樣才奇怪，妳看起來似乎對妳的武器ＡＩ……」

「喂，你們這裡也有幻武使嗎？」不知道是有心還是無意，俞思晴打斷薩維弩的話，「有鍛造師、武器ＡＩ，還有像你這樣的道具ＡＩ，總不會沒有使用者吧。」

薩維弩垂眼，大概能夠理解俞思晴不想被問私事，因此便順著她的意回答。

「沒有，我們這個世界沒有幻武使。道具ＡＩ任何人都能使用，如果有主人的話，就只能讓主人一個人使用；武器ＡＩ通常都是雙人搭檔，互相使用彼此。另外，武器AI通常都有最常合作的鍛造師，就階級來說，道具AI是最低等的存在。」

「沒有幻武使？那就奇怪了。」俞思晴把牠捧起來，垂眼盯著牠，「我和巴雷特在逛鍛造鋪時，店裡的人明明都知道『幻武使』的存在。」

「那是因為所有人都知道這項計畫，也知道幻武使對我們有多麼重要，所以都願意配合演這齣戲。」

「果然是這樣。」俞思晴鬆開手，讓薩維弩飛起來，「我就覺得哪裡不對勁，看來繆思並沒有完全對我實話實說。」

「不，繆思大人沒有隱瞞任何事。因為奧格拉斯的計畫是在所有人同意下進行，所以繆思大人才格外小心翼翼。要是巴雷特想做的事被公開，那就麻煩了。」

「聽起來，你和巴雷特很熟？」

薩維弩愣了下，低頭回答：「算是。」

「既然你也知道這件事，表示繆思和巴雷特都相當信任你。」

「呃，這麼說有點太抬舉我，畢竟以我的身分，怎麼可能和那兩個人……」

「有什麼關係，同伴就是同伴。」俞思晴掐住牠毛茸茸的小臉蛋，「不必在意這麼多小細節，這跟身分無關。」

「妳還真是隨心所欲。」

「我可不做自尋煩惱的事。」

「是嗎……」薩維弩抬眼看她，「那我想問，妳和巴雷特之間是什麼關係？」

俞思晴愣了下，鬆開手，把眼睛別開。

「你還真會挑時機。」

「和妳一樣，單純的好奇而已。」

「先回答我一個問題，我再告訴你。」

「喂，先發問的明明是我……」薩維弩垮下臉來。

沒等薩維弩點頭，俞思晴便收起笑容，一臉嚴肅地問：「『奧格拉斯』究竟是什麼？」

她到現在依舊沒有忘記雲豹消失前對巴雷特說的話。雖然她曾懷疑巴雷特會不會就是奧格拉斯之神，但聽完繆思的話之後，不知道為什麼，總有一種異樣的違和感。

神的鍛造師，繆思和巴雷特之間的關係，簡直就像在替她解答一般，可她心裡卻覺得其中另有隱情。

巴雷特，真的是奧格拉斯神嗎？

薩維弩拍著翅膀，轉身往前飛行。「我們換個地方說。」

薩維弩對這話題小心翼翼的態度，勾起俞思晴的求知欲。她急忙跟著薩維弩，離開熱鬧的街道，轉眼便走出主城，來到不遠處的一座小山丘。

遠看山丘上，矗立著支離破碎的遺跡，靠近後才發現原來是一尊斷臂、半邊臉被削去的白色石像。

它的背後伸展出一對翅膀，由此看來應該是個天使的雕像。

突然間，那雙翅膀動了起來，在俞思晴的眼前變得越來越大，等她回過神時才發現，翅膀有如屏障般籠罩住整個遺跡。

「什、什麼？這是……」

「這是繆思大人製作的，能夠斷絕所有武器ＡＩ和道具ＡＩ能力的結界魔法。」

忽然，一道男性低沉的嗓音從俞思晴的背後傳來。

她身體僵硬地慢慢轉過頭，看著眼前的陌生男人。

「你是誰？」俞思晴警覺地左顧右盼，「薩維弩呢？」

男人搔搔亂成一團的鳥窩頭，嘆氣道：「我剛才不是說了？這東西能斷絕道具

ＡＩ的能力，可別跟我說換成這模樣妳就不認得我。」

他彎下腰，手指輕觸俞思晴的鼻尖，「明明剛才還把我抱在懷裡不放的哦？」

俞思晴嚇得後退兩步，摸著鼻子，發出驚叫：「薩、薩維弩？」

「正是。」薩維弩順勢盤腿坐在地上，對俞思晴的反應相當滿意，「這反應真不錯，挺新鮮的。」

「你不是蝙蝠嗎……」俞思晴悶悶不樂地鼓起臉頰，沒想到自己竟然被反將一軍。

「武器ＡＩ和道具ＡＩ一樣，都有道具型態和人形型態，就像巴雷特能變成武器，而蝙蝠就是我的道具型態。」

「居然還有這種設定，實在太賊了！」

「哈哈哈，抱歉抱歉，因為我猜妳一定會被嚇到，所以才故意沒說。」薩維弩露出虎牙，開心地嘻嘻笑著。

俞思晴不客氣地捏住他的臉皮，用力拉扯。

「再有下次，我就把你烤來吃！」

「痛痛痛！想不到妳個子那麼小，力氣卻比男人還大。」

「你說什麼啊！」

她原本覺得薩維弩可愛，但現在已經完全不這樣認為了。

蝙蝠型態的他，根本就是個詐欺師！

「來到這裡你就願意回答我的問題？」生氣歸生氣，她可沒忘記薩維弩是想解釋奧格拉斯的事情給她聽，才把她帶到這裡來的。

一聽到她提起這件事，薩維弩的臉色變得嚴肅起來。

「啊，因為這事就算是在奧格拉斯，也很少有人知道。」他瞇起眼，嚴肅的表情中帶著一絲冷冽，與剛才嘻皮笑臉的態度完全不同。

俞思晴忍不住嚥下口水，心臟撲通撲通跳個不停。

「妳剛才問『奧格拉斯』是什麼對吧？但首先，我想知道，為什麼妳會這麼問？」

她猶豫了幾秒才回答：「之前參加攻城戰的時候，我和巴雷特遇到的那隻雲豹，曾稱呼巴雷特為『奧格拉斯』。雖然從那時開始我就懷疑，巴雷特是不是奧格拉斯神，但聽完繆思的話之後……我也說不出具體的原因。總而言之，我就是覺得好像漏了什麼重要的線索。」

「所以妳才會這麼問嗎？」薩維弩收起恐怖的眼神，嘆口氣，「真是，我還以為妳知道了什麼我不知道的事，萬一真是這樣，我就是個不稱職的道具ＡＩ了。」

從他的話中聽出端倪，俞思晴突然湊近他的臉。

「果然，繆思就是利用你來監視我的一舉一動吧！也就是說，你能夠直接穿越到我的世界去。」

薩維弩下意識往後縮起身體，沒想到俞思晴的第六感這麼厲害。

面對這精明卻又偶爾犯傻的女孩，薩維弩忍不住伸出手，似乎是想觸碰她，但在意識到的瞬間他立刻停了下來，改而掐住她的臉。

「是又怎樣？我可不會幫妳任何忙。」

俞思晴吃痛地揮開薩維弩的手。「我才不要你幫忙！然後呢？你還沒把話說完。」

「巴雷特不是奧格拉斯神，但也脫離不了關係。」他搔搔頭髮掩飾心虛，幸好俞思晴並沒有察覺到他剛才的意圖。

「我們這塊大陸的名字，是以創造神奧格拉斯命名，但那已經是很久以前的事了，現在的奧格拉斯並非神的名諱，而是一個組織。」

「組織？」

「所謂的『神』，指的就是組織成員，也只有成員知曉此事。一旦將消息暴露出去，那個人就會當場灰飛煙滅。」

「可是繆思告訴我了，沒發生什麼事啊。」

「繆思大人是例外，這項條件對他無效。」

「也對ＮＰＣ有效？」

「是啊，不然大家也不會乖乖配合。」

俞思晴頓時恍然大悟，怪不得她總覺得有種違和感。

「那你告訴我沒關係嗎？」

「當然有關係，不然妳以為我為什麼要把妳帶來這裡？」他指著頭頂上變成屏障的翅膀，「這東西能夠斷絕武器ＡＩ和道具ＡＩ的能力，當然也能讓組織裡用來保密的魔法失效。」

「原來是這樣……那我就放心了。」俞思晴癱坐在地上，拍拍胸膛，「要是回答我的問題害你遇到危險的話，我會很內疚的。」

「還真敢說啊……明明妳的問題從一開始就沒停過。」

「沒辦法，誰叫我好奇。」

薩維弩已經不想糾正她了，他繼續說下去：「巴雷特和繆思大人都是組織裡的人。那些被派到妳的世界、創造出《幻武神話》這款遊戲的人也是。」

「統稱奧格拉斯神？」

薩維弩點點頭，「不過『奧格拉斯神』確實存在過，也是他創造這個組織的。」

「咦？那他人呢？」

「已經去世很久了，之後組織便由他的後代子孫掌權。」

「原來是家族企業……」

「意思差不多。」薩維弩也感同身受，「為了讓居民心裡永遠存在奧格拉斯神，確實感受到這片土地是由奧格拉斯神守護，組織內會選出幾個人使用『奧格拉斯』這個名字，巡遊各地。」

「巴雷特是其中一人？」

「沒錯。」

「所以當時我聽到雲豹喊巴雷特為『奧格拉斯』，牠並不是在針對巴雷特，而是整個組織，也就是說……牠知道《幻武神話》是由組織在控制的。」

「而且奧格拉斯神的後代，就是我們組織目前的首領，第七十三代。」

薩維弩特意告訴俞思晴，就是希望她能夠留意。

既然已經知道這些事，俞思晴也會成為那群人的目標。從這裡離開後，等待俞思晴的絕對不會是平靜、毫無風波的歡樂遊戲日常。

「妳要小心，妳和巴雷特回去後，我和繆思大人就不能再幫你們了。畢竟當時巴雷特的計畫也僅止於此，之後他要怎麼做，並沒有詳細地告訴繆思大人。」

「我會替你們看著巴雷特的。」俞思晴笑道：「這難道不就是繆思一開始對我發動攻擊、測試我的主要目的嗎？」

沒想到俞思晴竟然連這點都注意到，薩維弩不由得一愣。

「妳真是個……令人驚訝的女孩。」

「我只是善於動腦而已。」俞思晴自豪地接受薩維弩的稱讚。

忽地，她的頭頂被陰影籠罩，仰頭一看才發現，薩維弩不知道什麼時候已經起身，單膝跪在她的面前，與她只有短短幾公分距離。

薩維弩的身材本來就很高大，只是稍微起身，就比她高出許多。雖然彼此沒有碰觸，但兩人的姿勢彷彿是她縮在他的懷裡一般。

「呃、薩維弩？」就算再遲鈍，俞思晴也總算有點危機意識了。

這樣的姿勢、這樣的距離，還有薩維弩那明顯有著不同感情的眼神——

就在薩維弩又想伸手碰觸俞思晴的時候，頭頂上忽然傳來碎裂聲響。

薩維弩回過神，猛一抬頭，連忙抱住俞思晴閃開掉落的石塊。

翅膀形成的屏障稍微打開縫隙，薩維弩摟著俞思晴鑽出去，隨即石像便完全崩塌碎裂。

「躲在這裡幽會嗎？」一名穿著短褲、袒露強健胸肌的男人，站在石像碎片上，扛著大劍，面孔猙獰。

薩維弩不悅嘖舌，「該死，麻煩的人跑來了。」

俞思晴回神，看著從碎石堆上跳下來的男人，一步步朝他們接近。

「幻武使？為什麼繆思身旁的畜生會跟幻武使在一起？」

見到俞思晴的瞬間，男人立刻散發出強烈的殺意。

這股氣息壓得薩維弩喘不過氣，畢竟他只是道具ＡＩ，面對武器ＡＩ的威嚇，完全沒有任何抵抗力。

男人手中的大劍忽地化作一陣風，變成小女孩的模樣，穿著水藍色長裙，優雅地坐在男人的肩上，說道：「你先冷靜下來，我們可不能殺幻武使。」

薩維弩說過，這裡的武器ＡＩ都是雙人一組搭檔，只是俞思晴沒想到這麼快就能親眼見證。

「不能殺幻武使，那把繆思身旁的那隻畜生幹掉就好。」

「你想惹繆思生氣嗎？」

「哼，誰管他生不生氣，不過是個鍛造師。」

「他可不是普通的鍛造師，惹怒他沒好處。」

女孩的態度平靜如水，與脾氣火爆的男人形成強烈的反差，這樣的組合看起來滿有趣的，只可惜俞思晴現在笑不出來。

她趁機拍拍薩維弩的胸膛，用眼神朝他示意。

薩維弩點頭，變回蝙蝠模樣，停在她肩上。

俞思晴起身對兩人開口：「你們見到我很意外，所以說，你們的目標是薩維弩嗎？」

女孩輕笑：「是唷，雖然只是個道具ＡＩ，但牠的能力可是相當好用。趁著這次繆思又不知道在閉關室裡做什麼，我們打算把牠搶過來。」

搶奪道具ＡＩ？這情況或許比她想的更加有趣。

「既然你們看不起牠，為何需要牠的能力？」

「幻武使就是這點愚蠢。」女孩露出厭惡的神情，似乎不想和俞思晴說太多，「雖說不能殺妳，但只要不鬧出人命就不算違反命令，別以為我不敢動妳。」

話剛說完，男人突然化為武器型態，女孩手握巨大狙擊槍，快速逼近俞思晴。

俞思晴下意識向後躲開，可是女孩速度太快，她根本沒有時間拉開距離。

看著那張嬌小可愛的臉蛋對自己微笑，俞思晴咬牙，踩穩腳步，迅速旋身閃避。

女孩停下腳步，回頭看著俞思晴，對她剛才的閃避動作感到吃驚。

但她的表情，卻可怕到令人顫抖。

「真是令人訝異……妳的速度，似乎比我還快。」

剛才的動作已經是俞思晴的最大極限，在那種速度下轉身，讓她的左腳踝有點受傷。

刺痛感讓她差點站不穩，但現在可不能倒地，否則她和薩維弩都會有危險。

「前幾天也有幾個幻武使來到奧格拉斯，不過，他們都不是我們的目標。」女孩似乎明白了什麼，全身上下籠罩著可怕的氣息。她單手舉起巨大狙擊槍，對準俞思晴，「但巴雷特的幻武使就不同了。」

聽到她提起巴雷特的名字，俞思晴一驚，連忙在對方扣下扳機的同時，甩出白色絲巾。

絲巾在俞思晴面前交叉形成盾牌，將將擋下子彈。

然而那顆子彈的重量、速度及威力，和目前為止遇到的武器AI，都不在同一個水平上。雖然這次順利擋住了，但沒有巴雷特在身邊的她，很難從他們面前逃走。

「女神的祝福？呵，真是不錯的禮物。」女孩瞇起眼，「或許我該說是『遺物』？」

俞思晴一愣，「妳說什……麼？」

「被刪除的程式，簡單來說就是組織的背叛者。那女人確實很厲害，只是沒想到她居然會敗在叛徒手裡。」

她很明顯是在說愛蘭雅女神和肯特女神的事！

這怎麼可能？她怎麼會知道……

女孩一聲輕笑，拉回俞思晴的思緒。

「妳……不，你們究竟是誰？」

女孩將手指貼在嘴唇上，微笑道：「不可以說哦，這是祕密。」

女孩的話一說出口，俞思晴馬上就確定了對方的身分。她不說分由地拿出副手武器，但女孩卻在她拿武器的一瞬間屈身貼近她的胸前。

俞思晴來不及反應，便被槍托擊中下顎。

身子向後凌空飛起，卻沒失去意識，她在落地時勉力站穩腳步，握緊弓箭，無視正在流血的傷口，拉弓對準女孩。

拉弓的手指向下張開三指，光箭迅速分裂成三枝，同時射出。

女孩靈活地往後翻身閃避，但俞思晴預測到她的動作，早一步拿出另一把副手武器等著她。

女孩雖然看見，卻已經來不及了。俞思晴抬手便朝她的脖子揮出短刀，但對方竟不閃也不躲。

正當俞思晴懷疑女孩有什麼用意時，短刀卻砍到了一層堅硬的東西，讓她的動作停了下來。

定神一看，女孩脖子上的皮膚竟變成刀刃。

「什——」

女孩露出笑容，「呵，妳對於武器ＡＩ的認知，遠遠不足啊。」

說完，她舉起狙擊槍，用槍托擊碎俞思晴手中的短刀。

強勁的力道震得她手腕發麻，疼痛不已。

看著女孩的肌膚變回原來的膚色，俞思晴不快地嘖舌。

沒想到武器ＡＩ能將身體的某部分轉換成武器的模樣，這樣的話確實有點難辨。

那把短刀是她手邊近戰能力最高的副手武器，少了它，就只剩下弓能使用，可是女孩的速度快到讓她連拉弓的時間都沒有。

女孩輕輕踏步，飛快地逼近俞思晴。

俞思晴揮開絲巾，讓它在自己面前形成護盾，暫時抵擋她的攻擊。

可是女孩近距離不斷朝絲巾開槍，就算絲巾防禦力再高，也撐不了多久。

「唔嗯……」

「別做無謂的掙扎了，放心，我說過我不會殺妳。」

「然後看著你們把薩維弩帶走？我可不幹。」

「看來和妳對話是浪費時間。」

狙擊槍內的彈匣突然發出青光，一個巨大的三層魔法陣出現並旋轉著。

俞思晴看到這眼熟的技能，連忙把所有絲巾纏繞在自己身上，並把薩維努緊緊抱在懷中，反過身用背護著牠。

「妳──」

「閉嘴，別吵！」

青光罩在女孩臉上，映出她冷冽的笑容，「毀滅砲狙。」

比普通狙擊槍子彈大上三、四倍的子彈，從槍口飛出，擊中絲巾。

即便沒有被直接命中，但子彈帶來的強勁衝擊還是令俞思晴痛苦不已，背部和內臟彷彿燃燒了起來。

攻擊結束後，兩人之間瀰漫著煙霧，女孩將重狙槍扛在肩上，看著失去知覺、卻仍護著懷中蝙蝠的俞思晴。

破爛不堪的絲巾主動回到俞思晴的系統裡，而被她壓在懷裡的薩維努也臉色發青、說不出話來。

「小鈴小姐！喂！快醒醒，喂！」牠用爪子使勁拍打俞思晴的臉頰。她雖然還有呼吸，卻已沒有意識了。

聽見女孩的腳步聲靠近，薩維努嚇了一大跳，連忙努力張開翅膀，用牠嬌小的身軀保護倒地不醒的俞思晴。

「給、給我退後！」

「別緊張，薩維努，你我都清楚，不能殺死幻武使。」女孩的眼眸帶著笑意，卻讓人不由地顫抖，「乖乖跟我們走，聽見沒有？」

「我可是繆思大人的道具ＡＩ……除了繆思大人之外，誰都無法對我下令！」

女孩將重型狙擊槍用力往地面一敲，發出巨大的聲響，差點沒把薩維努嚇得停止呼吸。

她對上薩維努的眼，語氣冰冷，「我不說第二次，畜生。」

薩維努不知該如何是好，不管牠怎麼做，對方都沒有罷手的意思。

這兩個人肯定早就知道繆思和巴雷特在這段空檔期無法出手，才會選擇在這時攻擊落單的他們。

薩維努緊張地看著俞思晴，再看向可怕的女孩，不知該如何是好。

誰知正當牠打算乖乖跟女孩離開時，對方居然先一步退開，一臉驚恐地看著薩維努的方向。

薩維努還來不及感到困惑，就看到左右兩側出現兩名男子，很有默契地同步跨過俞思晴身旁，站在牠的眼前。

「不好意思，薇蒂亞，我們是不會讓妳帶走任何人的。」

「包括小鈴和這隻道具ＡＩ，都是我們的護衛對象，知道的話就給我滾。」

女孩緊咬下唇，不明白這兩個人怎麼會突然出現在這裡。

薩維弩聽到熟悉的聲音後，才恍然大悟。「羅納、多厄多，你們怎麼會在這……」

兩名將手插入口袋、側身擺出最帥站姿的男人，不是別人，正是之前與巴雷特搶奪俞思晴的那兩名槍族武器ＡＩ。

他們彷彿早預料到事情會變成這樣，在千鈞一髮之際突然現身。

「我們兩個是巴雷特的備用計畫，要是巴雷特無法陪在他的幻武使身邊，就輪到我們登場了。」羅納搔著頭髮，勾起嘴角，「還真是讓我們好等，我都已經等得快不耐煩了。」

「沒事當然是最好的，但武器ＡＩ的天性就是戰鬥狂啊。」多厄多附和，將手伸向羅納，「你說對吧？伙伴。」

羅納立刻化作手槍，讓多厄多握在掌心。

槍口抬起對準女孩的瞬間，她懷裡的重型狙擊槍立即變回壯漢模樣，單膝跪地，護在女孩前面。

「別出手，我們會乖乖離開這裡。」

同樣身為槍族，壯漢很清楚這兩個人搭檔的實力確實無人能比。

女孩雖心有不甘，卻沒有出言反駁。

多厄多仰頭笑道：「這可不行，不陪我們玩一下，你們『照顧』巴雷特的幻武使這筆帳，該怎麼回報？」

壯漢緊張地抬頭，只見多厄多毫不留情地扣下扳機。

小小的槍口射出包圍著火焰的子彈，肉眼完全跟不上它的速度。

壯漢好歹是槍族，心知躲不開，便機靈地避開要害，直接用肉身吃下子彈，臉孔痛苦地扭曲著。

女孩見狀，趕緊拿出瞬移水晶，溜之大吉。

多厄多鬆開手，羅納變回人形，兩人都對這次沒出到風頭而沮喪不已。

「所以我剛才就說要先出來玩一下，都是羅納你不肯。」

「我們的職責是保護巴雷特的幻武使，不是跟人打架。再說巴雷特也特別提醒過，非必要時最好別出現。」

「嘖，真是掃興。」多厄多嘟起嘴，不滿地抱怨。

羅納轉身抱起躺在地上的俞思晴，朝薩維弩說：「跟我們來，小蝙蝠。在巴雷特甦醒前，你們兩個就由我們負責保護。」

薩維弩點點頭，飛到羅納肩上。

多厄多湊過來，看著俞思晴沉睡卻緊皺的雙眉，忍不住用手指推開。

「那、那個，」薩維弩膽怯地問：「我們……要去哪裡？」

兩人相視一笑，異口同聲回答：「當然是槍族村莊。」

第四章　槍與幻武使（中）

Sniper of Aogelasi

俞思晴一醒來，就感覺到背脊陣陣抽痛，令她難受不已，好像全身的骨頭都移位了。

睜開眼，她發現自己躺在一張柔軟潔白的大床上。

昏倒之前的記憶突然湧現腦海，嚇得她猛然撐起身，卻不慎扯到背後的傷，痛得她又縮起身體躺回去。

這痛楚還真是真實……不，這本來就是真的吧。俞思晴摸摸自己的背，長嘆口氣。

這裡不是《幻武神話》建構出的遊戲世界，受傷會痛，理所當然。

正當她開始猜測自己的處境時，她感覺棉被底下有兩隻手臂各自從前後圈住了她的身體。

強而有力的臂彎，如同鐵鍊緊箍著她。

她頓時嚇得冷汗直冒，眼睜睜看著棉被底下的東西在緩緩蠕動。

「什什什……什麼？」

由於身體動彈不得，她想逃也逃不掉。

就在她緊張得快要尖叫出聲時，薩維努黑著臉快步衝進來，掀開棉被。

這時她才看清楚，在棉被底下蠕動的居然是兩個男人。

「羅納！多厄多！你們在做什麼！」薩維弩穿著圍裙，完全是個家政夫的打扮，手裡還拿著撢灰塵用的雞毛撢子。

他二話不說就朝對俞思晴毛手毛腳的兩人敲了下去。

「痛！」

「哇啊！」

羅納和多厄多鬆開手，睡眼惺松地瞪著薩維弩。

「你別吵我們睡覺行不行？好不容易有個適合的抱枕……」

「我知道我知道，你也想一起睡對不對？我們沒那麼小氣，來，腳底還有空間。」

兩人邊說邊同時抱住俞思晴的腰，迷迷糊糊地閉上眼睛繼續睡。

俞思晴趁著他們鬆手時坐起身，這兩人把她當成抱枕的衝擊，早就讓她忘記背上的疼痛。

她眼角抽搐、握緊拳頭，朝兩人的腦袋狠狠揍下去。

「好痛！」

兩人默契十足地抱著頭，看到俞思晴那震怒不已的表情後，完全清醒過來。

「哈、哈哈，早安啊，小鈴。」

「妳該不會有起床氣吧？這樣對皮膚不好，會長皺紋哦。」

羅納和多厄多根本沒有記取教訓，氣得俞思晴又想痛揍他們的腦袋。

這回兩人很機靈地迅速從兩側翻滾下床，趴在床邊。

「別再打了，武器ＡＩ也是肉身做的，再打下去真的會重傷。」

「再說妳還需要我們，有我們跟著，奧格拉斯才不敢對妳出手。」

聽到他們這樣說，俞思晴想起女孩與那把重型狙擊槍，低聲問：「是你們救了我和薩維努？」

兩人趕緊點頭。

俞思晴看向薩維努，薩維努點點頭。

「他們沒說謊。羅納和多厄多是巴雷特的同伴，他們擁有不輸給他的實力。」

「既然是巴雷特的朋友，那我就勉為其難地接受吧。」

「喂，等等！小鈴妳這話太讓人傷心了，我們好歹有過一面之緣。」

「就是說，雖然當時是根據巴雷特的要求測試妳，但我們可沒有欺負女孩子的興趣。」

俞思晴聽他們這樣說，不明白地歪頭問：「你們在說什麼？我們見過嗎？」

羅納垮下臉，差點沒哭出來。

「嗚嗚嗚我就知道，每個見過巴雷特的女孩都會被他勾走心魂，根本不把我們兩個人放在眼裡。」

「巴雷特老讓我們當壞人，自己都把好處撿走，下次說什麼我都不會答應幫他了！」多厄多也氣得用拳頭敲著床。

俞思晴滿頭大汗，但怎麼樣就是想不起來這兩張臉孔。

羅納提醒她：「妳剛進入遊戲時，不是回槍族村莊找武器ＡＩ的心臟？」

「啊——」俞思晴這才恍然大悟，拍手道：「我想起來了，確實有這麼兩個人，沒理由地把巴雷特打了一頓。」

「對對對，那就是我和羅納。」多厄多開心地指著自己。

「不好意思，完全把你們忘記了。」俞思晴坦白地說出事實，害兩人垮下臉，躲到角落畫圈圈。

「反正我們就是砲灰啦……」

「嗚嗚嗚我恨巴雷特。」

俞思晴連忙安撫：「對不起，我道歉就是，那個、謝謝你們救了我。」

兩人同時回頭看她，眼神充滿不信任。

俞思晴苦笑著陪罪，「我記得你們是巴雷特的朋友，那個……」

「羅納和多厄多。」看不下去的薩維弩插嘴道，「他們兩位都是槍族的精英。」

「看不出來。」

「這點我同意，但是，」雖然不想誇這兩人，薩維弩還是得說實話，「有他們在的話，至少在巴雷特醒來前能確保小鈴小姐的人身安全。」

坦白說，薩維弩並不知道為什麼俞思晴會被攻擊，看起來他們是衝著牠而來，又好像不是。

異樣的感覺讓薩維弩不禁懷疑，奧格拉斯是不是想把巴雷特的幻武使解決掉。

但，為什麼？

就因為巴雷特藏在武器ＡＩ中潛入《幻武神話》？

他不認為原因這麼單純。

「薩維弩，你在發什麼呆？」俞思晴覺得很奇怪，薩維弩從剛才就一副心不在焉的模樣。

薩維弩搖搖頭，「沒什麼。總而言之，時間一到我就先回去告知巴雷特，在他過來接妳之前，請小鈴小姐安分點，別再惹事。」

「又不是我願意的……」俞思晴無辜地嘟起嘴，「那個小女孩和肌肉男呢？」

「薇蒂亞和猛虎不會對這裡出手，尤其是猛虎。」多厄多枕著下顎，笑盈盈地說，「猛虎每次都輸給羅納，所以很怕他。」

羅納輕咳兩聲掩飾害羞，卻不忘補充：「武器ＡＩ也得配合好的使用者，他怕的是我和多厄多的組合。」

「你是在誇我嗎？嘻嘻嘻。」

「別笑得那麼噁心，多厄多。」

「難得聽到你讚美我，害我忍不住啊。」多厄多朝他的背壓上去，親暱地抱住他，「我倒是常誇你把我使用得很好。」

「這不是理所當然嗎。」

「你這臭小子就是不坦率。」

看著他們，俞思晴忽然明白為什麼奧格拉斯沒有「幻武使」。正因為都是武器

ＡＩ，所以能夠明白彼此的優缺點，使用起來比任何人還要上手。

這樣想想，幻武使的存在，真的就只是連接兩個世界的橋梁而已……

「怎麼？妳看起來沒什麼精神。」羅納湊過去，伸手測量她的額溫，「也不是發燒啊……保險起見，妳還是再睡一下好了。」

「還睡啊，我很想跟小鈴一起玩耶。」多厄多衝過去把俞思晴的頭緊抱在懷裡，嘟起嘴抱怨，「睡這麼久身體會變遲鈍啦！」

「你這笨蛋！她身上還有傷！」羅納拎起他的衣領，硬是把人從俞思晴身上拉走。

俞思晴確實有傷在身，但眼前兩人逗趣的舉動讓她不禁忘了疼痛。她走下床，扯到傷口有點痛，不過還忍得住。

「我睡不著，更何況難得來到這裡，我不想浪費。」

羅納和多厄多不相信她真的睡不著，貼近她的臉，不斷打量。

俞思晴被看得有點不好意思，「你、你們幹嘛？」

「妳還真奇怪。」

「對啊，好奇怪。」

「我才不奇怪。」俞思晴無奈道：「我只是覺得在這裡的時間有限，用來睡覺的話太浪費了。」

說到這裡，她慢半拍地想起一個問題。

「對了，我睡了多久？」

羅納和多厄多互看彼此，同時回答：「八小時左右。」

俞思晴驚愕不已。「咦！什、什麼？我……咦？」

她慌張的模樣讓兩人看得津津有味。唯一不會戲弄俞思晴的薩維努走上前，摟住她的肩膀，「別理他們，妳只睡了一個小時，距離和繆思大人約好的時間，還有三十分鐘左右。」

俞思晴鬆了口氣，頭向後靠在薩維努的胸前，「是嗎？那就好，差點沒嚇死我。」

「他們就是想看妳慌張的樣子。」

「嗯，我體會到了。」俞思晴朝這兩個喜歡惡作劇的男人說：「你們的性格真是糟糕透頂，真虧巴雷特還能跟你們當朋友。」

羅納和多厄多只能苦笑。

俞思晴穿好衣服，拉著薩維努的袖子：「你帶我去槍族村莊逛逛吧？」

「我？妳應該找槍族帶比較……我看還是算了。」薩維弩一看到羅納和多厄多眼神閃閃發光地盯著他們，立即放棄這個念頭。

果然還是由他跟著比較妥當，再怎麼說，薇蒂亞和猛虎不會闖進槍族的地盤亂來，至少能確定俞思晴在這裡很安全。

「那麼，我就帶妳去逛逛。」薩維弩變回蝙蝠模樣，拍著翅膀飛在俞思晴前頭。

俞思晴心情愉快地跟了上去，被留下的羅納和多厄多摸摸鼻子，只好在後頭跟隨，免得出意外。

鬧歸鬧，該做的事情還是得做。

就像是要報復一般，俞思晴企圖把羅納和多厄多的錢包榨得一乾二淨。心滿意足的她帶著滿手道具和當地特產，開心地哼著歌，走在最前面。羅納和多厄多跟在後面，有如槁木死灰。

「她根本是故意的！嗚嗚我的生活費啊。」

「這就是所謂的天使外表、惡魔內心嗎？」

薩維弩倒是不以為意，「誰叫你們隨便調戲女孩子，小鈴小姐可不是你們能亂來的對象。」

「這點我們當然知道。」羅納嘆口氣，把錢包收回口袋，「否則我們也不會暗中保護她了。」

「雖然我們跟著她是因為巴雷特啦。」多厄多傻笑，「我們好歹也是巴雷特的朋友，他想做的事，我們當然會支持。」

羅納和多厄多不是善於說謊的人，大多數槍族也都是口直心快、個性直爽的傢伙，比起其他武器ＡＩ要來得好相處。

但站在槍族頂端的三人，同時反抗奧格拉斯——這可不是件小事。

「巴雷特和你們說過什麼嗎？」薩維弩並不笨，也許這兩人就是巴雷特安排好的「備用計畫」。

羅納回答：「我能理解你的懷疑，只要你和繆思大人相信我們是同一陣線的人就好。」

「巴雷特那傢伙啊，把計畫分成兩半，你的主人只知道恢復記憶前的計畫，我和羅納只知道他恢復記憶後的部分。」

「原來是這樣……他竟計畫得如此周全……」薩維弩不得不反省一下自己，看來巴雷特並不如牠想得那般衝動。

為了不讓自己的計畫完全曝光，巴雷特分別委託不同的人來協助。這樣的話，奧格拉斯那群人就無法完全窺知他的意圖了。

「巴雷特本來就不蠢，他只是不喜歡出頭。」羅納笑嘻嘻地說，「他可是我們倆引以為傲的朋友。」

「喂，你們幾個偷偷摸摸地說什麼？」俞思晴聽見他們三個在聊天，把她排除在外，不太高興地湊過來，硬是要加入話題。

「我說啊！剛剛欺負妳是我們不對，但我們好歹也救了妳的命，沒必要連我們的錢包都不放過吧？」多厄多抓到機會抱怨。

俞思晴把東西全收進系統裡，完全不打算跟他客氣。

「一事歸一事，抱了我還敢這麼理直氣壯？」

此話一出口，周遭的村民便開始朝他們議論紛紛。

多厄多看到眼前的情況，臉都綠了。

「別用這麼容易讓人誤會的方式說話！」

多厄多看到俞思晴的笑臉，才明白自己被耍了。他沮喪地窩在角落啜泣，另外兩人也不打算安慰他。

「時間差不多了，我回去神殿看看情況，小鈴小姐就麻煩你們了。」薩維弩估算時間，該回神殿找繆思，順帶報告俞思晴目前的情況。

羅納點點頭，「交給我們，你大可放心。」

「小鈴小姐，請妳在這裡安分地等我回來。」薩維弩擔心俞思晴會亂來，加上她曾為了保護自己而受傷，要是再出什麼意外，會令牠內疚不已。

俞思晴雖然很想跟著回去，但薩維弩的顧慮並不是沒有道理。

「你才要小心，你也是那兩個人的目標之一。」

「用不著擔心我，我是能夠隨意穿越空間的道具ＡＩ，若是單獨行動的話，我能保證沒人捉得到我。」

雖然俞思晴早知道薩維弩的能力，不過她還沒親眼見識過，難免有些好奇。

「你的能力這麼方便，為什麼不乾脆帶我一起走？」

「每個道具ＡＩ都有特殊限制，我則是不能攜帶生命體穿越空間。」

「如果你這麼做呢？」

「我會失去能力。」

薩維努說得輕鬆，卻讓俞思晴不敢再追問下去，連忙催促，「我、我在這裡等，你趕快回去吧。」

薩維努點點頭。

正當牠打算使用能力穿越空間時，後方傳來氣喘吁吁的聲音，不斷大喊著羅納和多厄多的名字。

「喂——你們！終於找到你們了！羅納、多厄多！」

滿頭大汗、跑得喘不過氣來的，是他們剛剛光顧的一間武器店店長。

俞思晴還記得這家店的副手武器都很合她的口味，忍不住多買了幾樣，老闆眉開眼笑，還給了她優惠價格。

「老闆，你急著找我們有什麼事？」羅納被他嚇了一跳，連忙伸手攙扶。

原本躲在角落啜泣的多厄多也聞聲湊過來，一臉嚴肅。

「神、神殿出事了！」他上氣不接下氣地將情報告訴兩人，「有不明人士襲擊神殿……繆、繆思大人不知道在哪裡……」

羅納和多厄多立即交換眼神，表情凝重。

「攻擊神殿這種事……前所未聞！」多厄多氣得握緊拳頭。

羅納搖頭，「不過並不是沒有頭緒。」

「是啊，看來不能只讓小蝙蝠回去了。」

「繆、繆思大人……」薩維弩還沒從忽然得知的情報中回神，難過地低語，「請您一定要平安無事啊。」

「繆思大人不會那麼容易出事，但我們必須過去幫忙。」羅納做出決定，並對老闆說：「不好意思，老闆，可以請你先幫我們照顧這個女孩嗎？」

「不必，我跟你們一起去。」在老闆回答之前，俞思晴就出聲打斷。

她從羅納和多厄多兩人之間走出來，雙手環胸，眼神銳利地盯著老闆：「神殿被攻擊，我不能視而不見，再說巴雷特還在那裡面。」

「就算妳這麼說……」老闆面有難色，「但妳不是武器ＡＩ，跟過去只會成為累贅。現在就聽他們的，暫時待在我店裡。」

「不必。」俞思晴果斷拒絕，看著老闆，「我倒是覺得奇怪，老闆，你為什麼特地跑過來通知我們這件事？」

俞思晴真是一語驚醒夢中人。

兩人一蝠聽到她說的話，頓時恍然大悟。

「說得對，老闆，你為什麼會來通知我們？」羅納黑著臉湊近他。

老闆連忙往後退兩步，苦笑道：「那、那是因為被攻擊的是神殿，我想你們還不知道，所、所以……」

「就算是這樣，也沒必要特地跑來告知，好像刻意希望我們知道似的。」俞思晴大步走向老闆，老闆下意識往後退，直到被逼到角落。

俞思晴一掌橫過他的臉頰，「壁咚」臉色發青的老闆，表情活像是黑道。

「還有，奧格拉斯神殿被攻擊，對這塊大陸上的人來說，是相當嚴重的事情，要真是這樣，街道不可能如此安靜。」

「唔嗯……」

「老闆。」俞思晴的眼神毫無溫度，就像尖銳的針，一支支插入老闆身體裡，「我勸你老實坦白，否則我就讓你嘗嘗你賣給我的副手武器有多麼好用。」

老闆嚇得臉色刷白，「啊啊！不要不要，拜託您住手，我我我、我不是故意的——」

老闆一道歉，俞思晴就果斷地收回手，瞬間掃去臉上恐怖的威嚇表情。

「那就麻煩你老實說囉，老、闆。」

被嚇得腿軟的老闆低著頭回答：「那、那個，有個刃族女孩來我店裡，付我錢要我把這件事告訴你們。」

「刃族女孩……」多厄多馬上看向羅納。

「是薇蒂亞。」羅納嘖舌，「沒想到她竟敢踏入槍族的地盤。」

「猛虎應該沒跟著她，否則同為槍族，他肯定馬上會被認出來。」

「真是個討厭的女人。」

「但、但是，」老闆膽怯地說：「奧格拉斯神殿被攻擊的事是真的……那女孩給我看了證據。」

知道光這麼說，他們肯定不會相信，於是老闆便拿出了一顆水晶珠。

俞思晴從老闆手中接過來，一接觸到她的體溫，水晶珠立即散發光芒，顯現出畫面。

奧格拉斯神殿裡一片混亂，潔白的建築染上血色，記載歷史的牆壁也遭破壞。

看到這畫面，眾人全都沉默不語。

「是即時影像道具。」羅納瞇起眼，將水晶珠從俞思晴的手裡取出並捏碎。

碎裂的水晶珠冒出白煙，慢慢呈現出文字，維持短短三秒後便消失在空氣中。

俞思晴看不懂文字，問道：「寫了什麼？」

「大言不慚的宣示。」

羅納的表情相當可怕，就連認識他最久的多厄多都忍不住冒冷汗猛搖頭。

「啊啊，真是群笨蛋，竟然惹火羅納。」多厄多把手搭在俞思晴肩上，「他們想用妳來交換巴雷特，也就是說，他們已經知道巴雷特和繆思大人在一起。」

「是要解決叛徒嗎？」薩維弩想到繆思在他們手裡，便緊張得不得了，「因為不能對繆思大人出手，所以把目標轉移到巴雷特身上。」

「可是，他們也不能殺幻武使，特意交換我是什麼意思？」俞思晴也擔心巴雷特，但這份聲明至少能確定巴雷特暫時沒事。

「說起來，我覺得有點奇怪。繆思大人若已經順利讓巴雷特取回原有的力量，不可能對付不了這種程度的襲擊，或是薇蒂亞、猛虎那種等級的武器ＡＩ。」多厄多歪頭思考，不停碎念。

羅納才不管這麼多，拿出了瞬移水晶。

「我去把人帶回來，現在沒有時間考慮其他問題了。」

「等等，羅納，你別衝動，就算我們要去幫忙，也不能拋下工作啊！」

多厄多搶過瞬移水晶，沒想到才剛把水晶拿到手，又被俞思晴奪了過去。

俞思晴什麼話都沒說，直接捏碎水晶，眾人的身影隨之消失在光芒中，只留下一臉茫然、不知所措的老闆。

光芒閃現，眾人的身影出現在神殿中繆思的房間裡。

俞思晴恢復視覺，看了一下周圍。

「和《幻武神話》的瞬移水晶不同呢，居然是回到我記憶中的地點。」

遊戲中的瞬移水晶，會回到玩家記錄的重生點，但在這裡卻是回到使用者腦海裡浮現的地點，讓俞思晴覺得很有趣。

可是，跟著她來的其他幾個男人，卻完全不這麼認為。

回過神來的羅納和多厄多，立刻攬住她的腰，閃身躲進書櫃和牆壁之間的死角，薩維努則縮在俞思晴的肩上。

「媽啊！妳幹了什麼好事？」多厄多忍不住指責，「這裡可是繆思大人的房間，一下子就把我們帶到裡面來，被發現的可能性高到破表！」

「第一次使用總是會有誤差嘛。」

「就算妳裝可愛我也不會原諒妳。」多厄多嘆氣，回頭和自己的搭檔說：「羅納，你也說她兩句，搞得好像只有我反對似的。」

「我本來就想直接過來，而且小鈴挑的地點比我想的還要好呢。」羅納非但沒有指責，反而大力讚賞，差點沒把多厄多氣死。

「你這蠢貨！平常的理智都跑哪去了？」

「現在這情況誰能冷靜！」

「我能。」俞思晴舉起手，笑盈盈地看著兩人詫異的視線，「所以我可以跟你們打個商量嗎？」

羅納和多厄多交換眼神，總覺得他們不會喜歡俞思晴的點子。

沒等兩人同意，俞思晴自行開口：「就算沒有契約，幻武使也能使用這裡的武器ＡＩ吧？」

「幻武使和武器ＡＩ之間的契約，是《幻武神話》為了鞏固兩個世界的穩定性而安排的設計，和兩個武器ＡＩ搭檔所立下的契約不同。」羅納回答。

「沒有契約就不能使用？」

「呃，嚴格來說，只有招數上的威力會比較弱而已，使用者的體力也消耗較快。」

「還有其他的缺點嗎？」

「應該……沒有，我們沒和幻武使合作過，不曉得會出現什麼樣的後果。」

「這樣的話，果然還是直接簽訂契約比較妥當。」

俞思晴認真地思考這個可能性，但立刻被兩人拒絕。

「不不不，巴雷特會氣死的！」

「我可不想下半輩子都在巴雷特的黑名單裡！」

他們這麼害怕，簡直把巴雷特當成凶神惡煞一般，害俞思晴忍不住笑出來。

「你們別那麼緊張啦。」俞思晴朝他們兩人伸出手，笑盈盈地說：「雖然只是暫時而已……你們能夠成為我的武器ＡＩ，協助我嗎？」

羅納和多厄多看著她的手，瞪大眼睛。

「妳、妳為什麼突然這麼說？」頭次被人邀請，多厄多顯得有些慌張。

「太多人行動容易受限，尤其我們現在的目的是把繆思和巴雷特救出來，應該盡量避免浪費時間戰鬥。」

「妳、妳這麼說是沒錯，可是，妳對我們的世界不熟悉，戰鬥的話果然還是我和多厄多來比較安全。」

「對啊對啊。」多厄多趕緊附和。

「我再怎麼說也是個經驗老道的玩家，相信我吧。」俞思晴完全沒聽進去，自信滿滿地拍著胸脯。

「可是妳還有傷在身。」羅納不安地看著她的背，「我們可不能害妳的傷更嚴重。」

「只是小傷，不影響。」俞思晴忍不住催促，「好啦好啦，你們聽我的就好，不要再顧慮了！」

俞思晴握住兩人的手腕，認真的眼神不允許他們拒絕。

羅納和多厄多最終還是妥協，各自變回武器的模樣。

俞思晴看著手裡的兩把槍，笑嘻嘻地從系統裡叫出肩掛式槍套，把兩把槍放進去，順便換上不久前在槍族村莊買的專用外衣，不僅方便行動，也增加了隱匿度。

「薩維努，麻煩你帶路。你的話應該能找到他們的位置吧？」

看到俞思晴換好衣裝的，薩維努不知道為什麼，突然有種信心滿滿的感覺。牠點點頭，「交給我。」

「那你飛在我的上方，透過系統告訴我該往哪裡走。」

「不，我的能力要這樣使用。」

薩維弩飛向俞思晴，趴在她的右肩上，毫無預警地咬了一口。

有點麻麻的，但不會痛。

俞思晴看著薩維弩舔掉牙齒上的鮮血，振翅飛起。

「這是在……做什麼？」她摸著被薩維弩咬到的地方，發現傷口已經消失。

「沒有和我締結契約的人，若要使用我的能力，就只能透過血液在短時間內連接。」說完，薩維弩指著自己的眼睛，「這樣做，妳就能看見我所看到的影像。」

俞思晴眨了眨眼，當她從左眼看見自己的表情後，才恍然大悟。左眼的確出現不同角度的景色。

「妳可以用意念來選擇關閉影像。」

俞思晴半信半疑地照著薩維弩的話做，沒想到真的能夠收放自如。

「真方便。那麼就準備齊全了。」俞思晴笑了下，「我們走！」

她和薩維弩迅速衝出房間，開始執行這次的救援任務。

第五章　槍與幻武使（下）

Sniper of Aogelasi

時間有限，俞思晴邊趕路邊叫出系統，快速閱讀兩把武器ＡＩ的技能與能力值。薩維弩像雷達般搜尋過整座神殿、確定繆思等人的位置後，他們便一直沿著這條捷徑前進。

一路上都殘留著建築被破壞的痕跡，很顯然曾有人在此處戰鬥。他們也看到不少倒地不起的ＮＰＣ，和幾名負責守衛的武器ＡＩ。

「神殿裡的安全人員有多少？」

「照這樣子看，應該差不多都殺光了。」

俞思晴原本打著繆思身旁還有人保護他們、可以幫忙拖延時間的算盤，但薩維弩的一句話立刻讓她拋開這個想法。

「希望繆思沒事……薩維弩，巴雷特也和他在一起嗎？」

「繆思大人身旁還有幾個人影，我想巴雷特應該在其中。」

薩維弩的雷達只能偵測出人數，無法辨識面貌，所以牠也不能肯定。牠也覺得奇怪。只是薇蒂亞和猛虎，不可能對神殿造成如此大的傷害。神殿內的武器ＡＩ，比他們厲害的多的是，不然那兩人也不會趁他們離開神殿時貿然出手。

而且，若巴雷特醒來的話，根本不可能任由他人把神殿破壞成這副模樣。

「小鈴小姐，前方有動靜！」

察覺異狀，薩維弩連忙示警，沒想到俞思晴竟然用比剛才還快的速度，壓低身體衝上前。

前方轉角出現兩組武器ＡＩ搭檔，各持長劍與法杖。

他們沒留意從旁逼近的俞思晴，回過神時已經被手刀分別擊中後腦勺，兩人瞬間倒地不起。掉落在地上的武器ＡＩ還來不及變回人形，俞思晴就從指縫射出兩根銀針，插在武器ＡＩ上。

「怎、怎麼回事？這是什麼東西！」

「我變不回人形了！」

兩把武器ＡＩ緊張地掙扎，卻無法動彈。

俞思晴朝薩維弩招手，「接下來往哪走？」

薩維弩嚇了一跳，沒想到俞思晴的動作竟然如此迅速，連武器都沒用，就解決了兩組武器ＡＩ搭檔。

「薩維弩？」

「啊……是、是的，往這邊。」

薩維弩趕緊飛過來向右拐。俞思晴也跟著繼續在走廊上奔跑。

「剛才那個道具是什麼啊？」多厄多耐不住好奇，開口提問。

「是我在遊戲裡取得的道具，能限制武器ＡＩ的變身能力。」

「遊戲？妳是說從《幻武神話》……妳怎麼知道這東西能在這裡能通用？」

「因為瞬移水晶。雖然有些許不同，但能力和用法是一樣的。」

「該說妳聰明還是觀察敏銳？」羅納笑道：「妳確實是個厲害的女人，小鈴。」

兩人對俞思晴的評價，高到破表。

看樣子真的是同類相吸，俞思晴和取回原本力量的巴雷特，會打出什麼樣精彩的戰鬥，令他們期待不已。

「小鈴小姐，前面有一隊人馬，從這邊左轉閃過他們。」

俞思晴跟著薩維弩轉彎，沒想到前方居然是死路。

薩維弩趕緊將牆上畫框斜移，牆壁連接的縫隙中慢慢出現隱蔽的通道。

快速鑽進去之後，牆壁便恢復原樣，正巧與路過走廊的武器ＡＩ隊伍擦身而過。

「神殿果然有隱藏通道這種設定。」俞思晴原本想拿出螢光蟲，卻發現左眼出現了夜視效果，可以確定這也是薩維弩的能力。

「這是繆思大人設計的密道，到這裡的話就沒問題了。」

「能通到他們的位置嗎？」

「可以，我們走的就是繆思大人撤退的路線。」

俞思晴一方面放鬆不少，一方面又因為沒親眼見到巴雷特安然無恙而感到焦急。

就在這時，前方的薩維弩突然停下來。

即便是黑暗中，俞思晴還是能清楚看到牠面有難色。

「怎麼回事？」俞思晴有種不祥的預感。

薩維弩結巴道：「啊，這……」

注意到薩維弩的前方有道縫隙，俞思晴便湊過去看。薩維弩想阻止卻來不及。

透過縫隙看過去，是個小房間，繆思就站在那。除了他之外，還有幾個面色凝重、光看就知道不是好人的傢伙在裡面。

繆思背對著她，所以她不知道繆思現在是用什麼表情在和對方交談。

「繆思大人，請您將巴雷特交給我們，只要您配合，我們保證不會傷害您。」

為首的男人雙手收在背後，毫不客氣地和繆思說話。他左右兩側各有一名面貌相同的少女，除髮型之外，穿著打扮和表情沒有絲毫差異。

「只有奧格拉斯神能夠殺得了我，這你很清楚，迪瓦諾。」

「死不了有個好處。」迪瓦諾皺眉，「那就是能夠受盡折磨，永遠享受痛苦。」

繆思沉默。

迪瓦諾高高在上地抬起下顎，彷彿將繆思當成螻蟻。

男人率領著大約三、四名手持武器ＡＩ的部下，從這情況來看，不像是硬闖進來的，俞思晴忍不住好奇問：「薩維弩，那男人是誰？」

「迪瓦諾……他是神殿的侍衛長，繆思大人的貼身護衛。」薩維弩聲音沙啞，像是在忍著怒火，「這座神殿由他負責保護，沒想到他竟然背叛！」

「看來奧格拉斯的人已經滲透到神殿內部了，怪不得神殿這麼輕易地被突破。」

「那個男人背叛的話，就沒人能夠保護繆思大人了……」

「不是還有巴雷特嗎？」俞思晴一派輕鬆地說：「更何況，還有我在。」

說到這，俞思晴不免感到困惑，明明已經見到繆思，為什麼還是沒看到巴雷特？

就在這時，迪瓦諾身旁的長髮少女突然拿出副手武器，朝她躲藏的牆縫刺下去。

俞思晴及時往後閃過，眼睜睜看著刺入隙縫中的刀子一轉眼將眼前的隱藏石門砍成兩半。

當光線照入密道的瞬間，也暴露了俞思晴的存在。

她和迪瓦諾對上眼，冰冷的視線讓她打了個冷顫。還沒來得及回神，長髮少女便揮舞著短刀迅速逼近。

俞思晴示意薩維弩躲在暗處，自己則從牆壁內跳出來，在眾人的眼前和少女扭打了起來。

她沒有拿出任何武器，僅用手背專注地擋開少女的攻擊。

少女沒能傷到她，顯得越來越焦慮，不甘示弱地叫出第二把短刀，雙手持刃重新展開突擊。

俞思晴勾起嘴角，趁隙從槍套拔出手槍，在兩把刀砍下來前一秒，抵住少女的眉心。

少女身體猛然止住不動，沒想到俞思晴的速度竟比她快，甚至無視她手中的刀，大膽地將槍口對準自己。

「別動，否則我就扣下扳機。」

「那也得看是我的刀快，還是妳的動作快。」有著純真可愛的外貌，少女說出口的話卻冷酷不已。

「住手，蘭。」迪瓦諾開口打斷兩人僵持的氣氛，凶惡地瞪著少女。

少女畏懼地收回武器，俞思晴見狀也將槍口移開。少女立即一個後空翻，回到迪瓦諾身邊。

「剛才可是好機會！妳為什麼不開槍？」羅納不滿地抱怨。

俞思晴裝作沒聽見，但也沒把槍收起。

「初次見面，各位武器ＡＩ，我是泡泡鈴。」她大步上前，看也不看繆思錯愕的表情，站在他和迪瓦諾之間，「我猜，就算不用我說，你們也應該已經知道我是誰。」

迪瓦諾的表情完全沒有變化。

看來這男人確實不好對付，但她也不是好欺負的。

「我確實知道妳是誰，來自異界的幻武使。」

「挑在這時機鬧事，會不會太湊巧？」俞思晴瞇起眼，「你們知道巴雷特的計畫，也知道他故意隱藏部分力量，好躲過你們的追查，順利潛入《幻武神話》。但是要對付你們，巴雷特必須恢復原有的力量，所以你們才選在這時和繆思攤牌。」

迪瓦諾沉默不語，兩人就這樣氣氛尷尬地對看了幾分鐘。

這對周遭的人來說相當漫長、難熬，可兩人卻不這麼認為。

最後迪瓦諾嘆口氣，「想不到妳這個幻武使，還挺聰明的。」

「過獎。」俞思晴勾起嘴角，「畢竟這種劇情，我早就在遊戲裡看慣了。」

「對你們幻武使來說這只是遊戲，對我們卻不是。」迪瓦諾從背後伸出雙手，左右兩名少女立即轉化為雙刀，落入他的掌心，「這是賭上未來的戰鬥。」

迪瓦諾交叉雙刀朝俞思晴揮下，速度快得讓人無法反應，但是，兩把刀刃卻在俞思晴面前被擋住。

迪瓦諾定睛一看，才發現是條白色絲巾。

「這裝備是……」

俞思晴不給他時間開口，旋腿朝他左臉頰用力踹下去。迪瓦諾吃了記正面攻擊，往旁邊滑行一段距離。

站在他身後的武器ＡＩ們全衝上來，各自手持武器對俞思晴展開攻擊。

就算已經被包圍，俞思晴還是悠然自得地利用靈活的步伐和角色的纖細身軀，閃避所有人的攻擊，並對這些人開槍。

「多重連射！」

她自轉一圈，由中心朝四面八方開槍。

子彈如同煙火般炸開，亂彈飛舞。

武器ＡＩ們連忙閃避子彈，撤退的同時卻遭俞思晴攔阻。

俞思晴勾起嘴角，朝這幾個武器ＡＩ的心臟位置開槍。

被射中心臟的武器ＡＩ們愣在原地，正當他們奇怪自己為什麼沒事的時候，心臟處傳出的電擊瞬間讓所有人都倒地不起。

俞思晴忽地察覺有異狀，立即轉身開槍。可是，對付那群武器ＡＩ很好使的招數，卻對這男人無效。

她眼睜睜看著迪瓦諾用牙齒叼住子彈，一口將它咬碎。

「雷電彈對我可沒效。」

說完，迪瓦諾反手用刀柄狠狠擊中俞思晴握槍的手。

俞思晴痛得鬆手，環繞在手臂上的絲巾即時接住掉落的手槍，把它收回槍套。

她忍著發麻的手腕，迅速用另一手抽出短管霰彈槍，眼前卻突然閃過一道刀光。

她直覺連忙收手，總算在千鈞一髮之際迴避了手被砍斷的下場。

「爆碎具象！」俞思晴朝地面開槍，將兩人站立之處炸碎。

迪瓦諾往後跳開，站在平坦的地面上，看著腳尖前龜裂、下陷的地板。

槍聲響起，他舉刀擋開射向自己的子彈。剛把刀放下，俞思晴就甩腿朝他的手臂踹下去。

迪瓦諾站穩腳步，硬是接下了她的踢技，轉手便將刀刃刺入她的小腿。

俞思晴痛得咬牙，卻沒有把腿收回，而是順勢壓在他的肩上。

短管霰彈槍緊貼迪瓦諾的髮旋，連續扣下扳機。

與此同時，迪瓦諾低聲道：「萬影盾。」

黑色的影子快速捲住迪瓦諾的頭部，變成頭盔的模樣。

俞思晴愣了一下，不悅地咋舌。

「該死，真棘手！」

她現在相當於是在跟三個武器ＡＩ戰鬥，而比起其他武器ＡＩ，迪瓦諾他們又更加難應付。

使用者本身是武器ＡＩ，他們能使用的招式速度比她多又比她快，所以想要打贏迪瓦諾，並不是件簡單的事。

但——

血流不止的小腿隱隱作痛，差點讓俞思晴無法集中精神。不過，她可不會錯過這次機會。指縫滑出三根銀針，迅速且準確地刺向迪瓦諾和兩把短刀。

接著她向後抽回自己的小腿，帶傷退回到龜裂地面的另一方，與他拉開距離。

俞思晴大口喘著氣，受傷的腳也忍不住顫抖，卻沒有露出一絲妥協的意思。

迪瓦諾皺眉看著消失在身體上的銀針，「妳假裝對我展開攻擊，真正目的卻是扎毒針？」

「呵……這東西可比毒針更好用。」

俞思晴說話的同時，從系統內叫出急救針筒，注射在小腿上。

幸好醫療用品還能夠使用，雖然不會馬上康復，但至少能讓她繼續戰鬥。

見到俞思晴如此奮不顧身的模樣，繆思突然上前抓住她的手臂。

「快住手，妳不需要這麼拚命。」

俞思晴輕拍他的手背，讓他把手鬆開。

「我自有分寸。」

眼看用說的沒用，不忍繼續看她受傷的繆思突然喊道：「羅納！多厄多！」

兩把槍從俞思晴的手中與槍套內跳了出來，變回人形，站在俞思晴的面前。

「我知道。」羅納惡狠狠地瞪著迪瓦諾，「我也不想看小鈴受傷。」

「讓女孩子戰鬥可不是身為男人的我們應該做的事。」多厄多緊握雙拳，蓄勢待發，「吶，我們來當你的對手吧，小迪！」

迪瓦諾不滿地蹙眉，「誰當對手我都無所謂，我的目的只有一個。」

「帶走巴雷特？不好意思，我們可沒打算順你的意。」

「那就接受制裁吧！」迪瓦諾用力踏步衝了過來。

羅納變成手槍，多厄多迅速地衝過去接住它，並快速朝迪瓦諾連開數槍。

俞思晴看到他們開始戰鬥，也緊張起來，卻被繆思拉住。

「我不能在這裡什麼都不做！」她向繆思說道。

繆思點頭，「我知道，但現在有妳必須做的事。」

「什麼？」俞思晴一愣。

「巴雷特需要妳。」

一聽到巴雷特的名字，俞思晴馬上就安分下來。

「他在哪裡？」

「現在只差一個步驟就能讓他完全恢復，但在這之前，我有件事想再跟妳確認。」

「都什麼時候了，你還在問問題！」

「這很重要。」

對上繆思認真的眼眸，內心焦急不已的俞思晴還是妥協了。

「好吧……你想確認什麼？」

「巴雷特的目的是推翻奧格拉斯，妳願意和他在一起、全力協助他嗎？」

俞思晴瞪大雙眼，忍不住笑了出來。

「居然是這個問題。」

「我知道妳才剛聽說這件事，難免有些困惑和懷疑，我並不想勉強妳——」

「可以啊。」

「咦？」繆思一愣，半信半疑地再次詢問：「妳是說真的？真的願意？」

這件事情明明與俞思晴無關，說起來，是他們硬把俞思晴牽扯進來，她沒有理由也沒有義務答應他們的請求。

但是，俞思晴再次爽快地回答：「我願意。」

見到她毫無遲疑、自信滿滿的笑容，讓繆思忽然想起了自己的摯友。

於是他露出溫柔的微笑，摸摸俞思晴的頭。

「去吧，到巴雷特的身邊。」當他這麼說的時候，薩維努就飛了過來，「薩維弩會帶妳去見他，這裡就交給我們應付。」

俞思晴雖然隱隱感到不安，但她真的很想見到巴雷特。

「我會盡快帶巴雷特趕回來和你們會合，所以一定要等我。」

在和薩維弩離開前，俞思晴鄭重地對繆思說道。

繆思只是點點頭，沒有回答。

「往這邊，小鈴小姐。」

薩維弩帶她重回來時密道，沒想到在那裡竟還有一扇不起眼、隱藏在死角的小門。兩人走進去，沒拐幾個彎就隱約可見光線，通道內的視線也變得清晰許多。

薩維弩的飛行速度比剛才更快，可以感受到牠有多麼著急。

再次丟下自己的主人，這讓薩維弩心煩意亂、心浮氣躁。俞思晴能理解薩維弩的忐忑不安，因為她也一樣。

由於俞思晴的小腿受了傷，他們的行動速度比之前慢上許多，但薩維弩並未催促她，反而讓她覺得過意不去。

「不要擔心，我想羅納和多厄多應付得來。」俞思晴只能出言安慰。

薩維弩垂下眼，「迪瓦諾大人是非常厲害的武器ＡＩ，若巴雷特在場，或許還有機會……」

「我在最後插入了能讓他們暫時無法變身的銀針，應該多少能夠幫上忙。」

奧格拉斯的武器ＡＩ搭檔有個特點，就是他們能隨時轉換武器狀態，與搭檔配合無間的話，就能成為以一擋百的戰士。

雖然待在這裡的時間並不長，但俞思晴相當欣賞這樣的戰鬥方式，畢竟這是幻武使永遠也不可能使出的技巧。

「多少能拖點時間吧。」薩維弩終於重振精神，因為牠看見密道盡頭的亮光。

兩人奔向出口的光芒。

俞思晴甫出密道便被迎面而來的大片樹葉狠狠打在臉上，耳邊還能聽見潺潺流水。好不容易從樹叢裡爬出來，她抬頭看見一座巨大的半圓形玻璃屋頂，光線來自玻璃屋頂外普照的太陽。

「溫室？」環視周圍擺設，俞思晴這才漸漸看清身處何處，「巴雷特在這裡？」

「這裡是繆思大人的鍛造所，繆思大人多數時間都會在這裡鍛造武器和裝備。」

「鍛造所？這裡一點鍛造的氣氛都沒有啊。」

俞思晴覺得這裡更像植物園，陽光、空氣、水，還有各種稀奇古怪的植物。

薩維弩沒有解釋，帶領她來到溫室中央。

那裡就像個沒有牆壁的小房間，火爐、書架，甚至有床鋪和沙發，以及裝飾用的地毯，看起來相當舒適。

而她心心念念的巴雷特，正靠在那張單人沙發椅上，雙眼緊閉。

「巴雷特！」俞思晴踉蹌幾步來到巴雷特身旁，檢查他的情況，見到他還有呼吸心跳，這才鬆了一口氣，「嚇死我了……這種時候居然在睡覺。」

「要讓巴雷特恢復，還差最後一個步驟。」薩維弩站在椅背上，低頭對她說：「這就是為什麼我們要測試妳。」

「什麼意思？」

「巴雷特取回力量後，需要重新啟動。然而，只有在《幻武神話》裡替他安裝『心臟』的幻武使，才能讓他甦醒。」

「所以……繆思他們才會保護我……」

「只有妳能讓巴雷特醒來，而妳一旦這麼做，就會在這個異界和他成為搭檔。」

「就像羅納和多厄多？」俞思晴眨了眨眼指著自己，「我也會變成武器ＡＩ？」

「傻瓜，這只不過是個契約。」薩維弩搖搖頭，「意思是，巴雷特將會有個幻武使搭檔，這可是奧格拉斯頭一遭。」

「會有危險嗎？」

「不會。」

俞思晴鬆了一口氣，「具體來說要怎麼做？」

「當初在《幻武神話》妳怎麼和巴雷特訂契約，現在就怎麼做。」

「什什什……」一想起當時的畫面，俞思晴立刻變得結結巴巴、滿臉通紅，差點沒咬到自己的舌頭。

薩維弩無視她不正常的害羞反應，補充道：「只不過，這次妳和巴雷特訂下契約後，就會成為奧格拉斯的人，摧毀《幻武神話》後，妳再也無法回到自己的世界。」

俞思晴瞪大雙眼，臉色由紅轉青，一臉不敢置信地看著薩維弩。

怪不得繆思一直和她反覆確認這件事！

這麼嚴重的後果，應該要先說才對啊！

薩維弩看著俞思晴慌張的表情，「繆思大人和巴雷特可是把賭注押都在妳身上了。」

「可是這太突然了，我、我沒有辦法馬上決定……」

薩維弩閉起雙眼，輕輕嘆息，「繆思大人早就預料到這種情況，特地幫妳預留備用方案，要聽嗎？」

俞思晴用力點頭。

薩維弩突然亮出尖銳的爪子，陰笑道：「殺死妳，這樣巴雷特就能恢復自由，就算妳不在他也能自己甦醒。」

這是哪門子的備用方案！俞思晴忍不住在心底咒罵這對沒人性的主僕。

「我、我答應，這樣總可以了吧！」俞思晴氣得握緊拳頭，花了很大力氣才壓抑住想要扁人的衝動。

「那就麻煩妳了，小鈴小姐。」薩維弩收回爪子，拍翅飛離。

俞思晴突然發現她的左眼視野恢復正常，這才意識到薩維弩撤回了與她之間的「連繫」。她回頭尋找薩維弩的身影，卻已找不到那毛茸茸的小身軀。

此時她慢半拍地意識到，薩維弩是故意的！

俞思晴急忙地拐著腳來到方才進入溫室的入口，果不其然，那裡的門已經關上鎖死。

「該死……」

俞思晴用拳頭狠狠敲打門扉，被人保護以及被算計的感覺，讓她的心情糟糕到了極點。

「繆思……你到底在打什麼主意？」

不想繼續猜測繆思的意圖，俞思晴走回沙發旁。

她看著巴雷特沉睡的臉龐，視線緩緩下移到他的雙唇上。

「成為這個世界的人嗎……」

她彎下腰，吻住那雙乾燥的唇。

事到如今，她怎麼可能還有辦法顧慮這麼多呢？

亂七八糟的事情一件接著一件，謎團也堆積如山，可現在的她，只希望巴雷特能夠睜開眼睛，然後——

俞思晴慢慢將唇移開，巴雷特那雙緊閉的眼眸，也隨之睜開。

紫色的瞳孔中映照著俞思晴臉上的苦笑，巴雷特遲疑了幾秒，才露出她熟悉的笑容。

「小鈴。」

「該起床了，巴雷特。」俞思晴朝他伸出手。

巴雷特突然使力將她拉入懷中，緊緊抱著，用臉頰磨蹭她的頭頂。

「謝謝妳，小鈴。」

這聲道謝並沒有讓俞思晴心裡好過多少，反而不開心地狠狠拉扯他的臉皮。

她第一次覺得這張好看的臉非常欠揍！

「小、小鈴？好痛！」巴雷特痛得眼淚都快掉下來了，好不容易才讓俞思晴鬆手。

他一手摟著俞思晴的腰，一手輕撫自己紅腫的臉頰。

「我有一大堆問題要問你，還有很多事要跟你抱怨。」俞思晴氣呼呼地鼓起臉頰。

巴雷特先是一愣，隨即又露出笑容。

醒過來的巴雷特和以往並沒有什麼不同，俞思晴半信半疑地盯著他看。

「怎麼了？」

「你……還是我認識的巴雷特嗎？」

巴雷特笑道：「當然，我永遠都只會是妳的武器ＡＩ，剛才我們不是已經締結了契約？別擔心，我是很專一的。」

說完，巴雷特在她的額上偷親一口。

俞思晴漲紅著臉，不知道該如何是好地摀著額頭。

「小鈴真可愛。」

「你、你……」

「雖然我還想再多跟妳聊幾句，但現在不行。」

巴雷特將俞思晴橫抱起來，快步走向有泉水流入的小水道。

即使已經不是第一次被他這樣抱著，俞思晴還是緊張得心臟撲通狂跳。

「把我放下來！別、別這樣抱我！」

「妳受傷了。」巴雷特蹲下來，將她受傷的那條腿放入冰涼的泉水中。

傷口碰到水的刺痛感讓俞思晴縮了一下肩膀。並不是她怕疼，而是不知為何，傷口接觸泉水就有種異樣的感覺。

仔細一看，傷口竟然冒著泡泡。

「這是什麼？」

「治療武器ＡＩ用的泉水，只是我不確定它對幻武使是不是也有同樣功效。」

巴雷特仔細觀察，直到看到傷口漸漸癒合，才鬆了口氣，「看來是沒問題。」

「巴雷特，我們趕快回去幫繆思。」俞思晴拉著他的衣服，「腿傷治好，我現在可以戰鬥了！」

「不，我們要回到《幻武神話》。」

「你要丟下他們？」

「來找碴的是迪瓦諾吧？那樣的話，繆思不會有事的。再說，羅納和多厄多也在。」

「你怎麼會知道？」她完全沒提起那兩個人的事。

巴雷特把臉湊到她懷裡嗅了嗅，「因為妳身上有其他男人的味道。以後除了我，別再使用其他武器ＡＩ，尤其是槍族。」

俞思晴用力推他，巴雷特卻文風不動。這樣的姿勢對她來說太過刺激了。

「我們現在有其他要做的事，妳願意跟我一起來嗎？」巴雷特順勢握住她的手，懇求的口吻讓俞思晴無法拒絕。

她啞口無言地張著嘴，對這張臉完全沒有任何抵抗力，最後只能害羞地點頭。

巴雷特笑著親吻她的無名指。

「我再次向妳立誓，我一定會保護妳，所以……」

「到此為止！」俞思晴連忙摀住他的嘴。

恢復記憶的巴雷特，跟以前相比，變得更加喜歡說甜言蜜語。

她漸漸發現，總是煩惱、有心事的巴雷特，如今已經不再苦惱，取而代之的是堅定的覺悟。而原本存在於兩人之間的違和感，如今也消失無蹤。

她不知道巴雷特有什麼計畫，也不知道他們過去究竟有什麼樣的紛爭，現在的她只想和巴雷特待在一起。

雖然這麼做很自私，但她毫不後悔。

巴雷特垂下眼，低聲道：「那麼，該準備開始下一步行動了。」

第六章　幻武使限定活動（上）

Sniper of Aogelasi

俞思晴取下眼罩，鬆口氣。

這是她玩得最累的一次。

和巴雷特回到《幻武神話》後，她發現自己的登入時間根本沒有增加，也就是說，她在奧格拉斯的那段時間，沒有被算入遊戲時間中。

小腿上的傷口也已經癒合，剛才的一切彷彿是在作夢——

這麼想著，俞思晴起身打算到廚房去找點東西吃，一轉身便看到巴雷特站在她的房裡，笑盈盈地盯著她看。

「小鈴。」他開心地向俞思晴打招呼，「妳比我想像中還可愛。」

話才剛說完，一件黑色的東西就朝他扔過來。

巴雷特不慌不忙地接住往他臉上砸來的遊戲眼罩。

「等等，小鈴。」看到俞思晴想把電腦主機搬起來，他趕緊上前阻止，「我是巴雷特，真人！妳這樣砸我真的會死！」

「我我我、我當然知道！」俞思晴不敢置信地尖叫出聲：「但為什麼你會在這裡！」

登出前她和巴雷特道別，當時巴雷特卻只是笑而不語，而她因為太疲累的關係想要早點離開遊戲，根本沒有多想。

沒想到巴雷特「本人」居然出現在她的房間！

而她現在還穿著睡衣、戴著洗臉用的髮帶，邋遢到完全沒有形象！

「啊啊啊啊——」沒等巴雷特開口回答，俞思晴抱頭慘叫。

巴雷特上前抓住她的雙腕，笑盈盈地彎下身，貼近陷入慌張的她。

「這樣的小鈴也很可愛，而且，我不知道盼望了多少次，能在妳的世界和妳見面。」

「你到底在說什、什麼？」面對巴雷特的坦率，俞思晴覺得自己快要昏過去了。

「妳很可愛哦。」

巴雷特湊過來，眼看就要吻上她，嚇得俞思晴趕緊給他一記頭槌。

「好痛……」額頭傳來的疼痛讓她差點哭出來，但至少成功讓巴雷特放開她。

「小鈴，妳下手真重。」巴雷特和她一樣疼痛萬分地跪在地上。

看著這樣的狀況，俞思晴撫著額頭，忍不住噗哧一笑。

「巴雷特，你有點不同了。之前的你對我們之間的距離明明就很小心翼翼。」

「那是因為從前的我記憶被侷限，以為自己是系統程式。」巴雷特起身，把手伸向她，「還是說，妳更喜歡之前的我？」

「我比較想知道，你究竟為什麼突然變得這麼積極？」俞思晴向來習慣有話直說，而且她總覺得，如果不和巴雷特說清楚，接下來的每一天都會讓她精神緊繃、緊張到快窒息。

好好的暑假，她可不想過得這麼痛苦。

她把手交給巴雷特，讓他把自己拉起來。這回巴雷特沒有再對她毛手毛腳，等她站穩後便鬆開手。

「小鈴，妳明白跟我締結契約的意思嗎？」

「不就是要待在奧格拉斯生活？我知道，薩維弩有告訴我。」

「不……對我來說，異界的妳願意為我這麼做，彷彿是在宣告，我對妳而言是最重要的。」巴雷特的笑容比以往更加溫柔，「而且，妳不覺得這樣很像是在告白？」

被巴雷特這麼直接地說出口，俞思晴滿臉通紅地低下頭，看也不敢看他一眼。

「你你你、你不要擅自解讀……」

「我沒有誤會吧。」巴雷特笑道：「小鈴，妳喜歡我嗎？」

被人如此直白地點出祕密，俞思晴整張臉紅得像是煮熟的蝦子。

她尖叫著衝到床上，整個人躲在棉被底下，說什麼也不出來。

幸好她家現在沒人在，不然聽到她這樣大吵大鬧，她爸早就衝進來了。

要是被爸媽發現巴雷特在她房間裡，她要怎麼解釋！

想了許多可能發生的尷尬狀況，俞思晴突然翻開棉被跳起來，正要湊過去查看情況的巴雷特嚇了一跳。

「小、小鈴？」他尷尬地看著俞思晴。

她的臉頰還是紅紅的，神情卻比剛才冷靜許多，似乎是在思考著什麼事。

巴雷特還沒來得及開口詢問，俞思晴突然轉過身瞪著他，接著跳下床，把他推出房間。

「等等，小鈴，妳、妳在做什麼？」

「我要換衣服。」俞思晴把他推到房門外，「在外面等我十分……不，二十分……還是三十分鐘好了！你可以在我家閒晃，看看電視什麼的，等我出來！」

不等巴雷特回答，俞思晴狠狠地甩上門。

無話可說的巴雷特只好嘆口氣，乖乖地轉身走向客廳。

俞思晴的家很普通，但處處都能看到她與家人生活的痕跡，和爸媽開心的合照也擺在最顯眼的地方。

巴雷特忍不住停下腳步，看著在照片中笑容燦爛的俞思晴，痛苦地皺起眉頭。

明明不想把俞思晴牽扯進來，卻又忍不住奢望能夠永遠和她在一起。

果然，像她這樣的女孩，配他這種人實在太可惜了。

「真的……比我預料的更可愛……」

他伸出食指，指尖滑過照片中帶著微笑的俞思晴。

阻止奧格拉斯依舊是他的首要目的，可計畫永遠趕不上變化。

俞思晴換了身可愛的衣服，也特別整理過頭髮，短褲和黑色膝上襪的搭配，很適合像她這樣膚色白皙的女孩子。

她揹著單肩背包，邊走邊滑手機，認真地找路。

跟在一旁的巴雷特，則警戒著周遭那些死盯著俞思晴大腿不放的男人，用無形的壓力驅趕這些蒼蠅。

都怪俞思晴打扮起來實在可愛到不行。

巴雷特第一次來到俞思晴的世界，更何況這裡是完全陌生、和奧格拉斯截然不同的異界。

大型螢幕、各種在馬路上奔馳的交通工具，每走幾步路就會出現的神祕飲料店，以及叫做「便利商店」的奇怪店鋪，他有好多好多地方想仔細看看。

路上也能看見許多打扮漂亮的女孩子，但對他來說，沒有一個人比俞思晴更有吸引力。

「小鈴，我們要去哪裡？」

「見一個人。」俞思晴不悅地嘖舌，「可以的話，我也不想跟他聯絡……但只有我們兩個人實在太危險了。」

巴雷特有些為難，「我不想把太多人牽扯進來。」

「不用擔心，那個人口風很緊，而且就算他遇到危險我們也不會內疚。」

巴雷特原以為她要見的人是會長或安娜貝兒，但她這麼講，很顯然絕對不會是她們兩個人之一。

正當他猶豫該不該開口詢問的時候，就聽見前方有人向他們打招呼。

「小鈴，這邊這邊——」

男人用輕浮的口吻向俞思晴打招呼，接著就張開雙臂抱過來，俞思晴俐落地閃開。

雖然撲了空，但男人越挫越勇，直到他看見俞思晴身後的巴雷特。

巴雷特黑著臉，毫不遮掩地釋放出殺意。

男人愣了下，驚訝地瞪大雙眼。「咦？巴雷特？」

還以為是天氣太熱看走眼，直到脖子被掐住，才確認對方是貨真價實的活人。

「你是什麼人？」巴雷特的表情比以往還要可怕好幾倍。

男人嚇得趕緊抓著他的手腕，向俞思晴求救。

「老老老、老婆！快幫幫我，妳不想年紀輕輕就守寡吧！」

「這可不像是求助人的口氣，大神下凡。」俞思晴雙手扠腰。

雖然不是很想幫他，但也不能讓巴雷特在大街上隨便殺人。至少也得等到深夜，然後在暗巷裡偷偷……

「小鈴！」

俞思晴無奈地對巴雷特說：「放開他吧，這傢伙就是我剛才提到，能幫助我們的人。」

即使不願意，巴雷特還是乖乖聽從俞思晴的命令，把手鬆開。

「咳咳咳！我剛才好像真的快要過河了。」

「少耍嘴皮子。」俞思晴撩起長髮，用眼神鄙視著大神下凡，「在這裡說話不方便，我們去店裡吧。」

俞思晴選了一家有小包廂的咖啡廳。等店員送上飲料和鬆餅後，她開始和坐在對面的大神下凡解釋實際存在的「奧格拉斯」世界，以及在他們的世界裡製作出《幻武神話》這款遊戲的奧格拉斯組織。

大神下凡的理解力比她還好，或許是因為他早就已經用「特殊管道」調查過，也深信《幻武神話》是真實存在的世界。

正因為這樣，俞思晴才會挑上他。

「沒想到居然是真的……」大神下凡摸著下巴，不斷打量俞思晴身旁的巴雷特，「我本來還以為是某個神乎其技的Coser，沒想到居然是本人。」

「如果你想確認的話，我可以給你看證據。」說完巴雷特便起身，變成白色狙擊槍的模樣，落在俞思晴懷裡。

俞思晴壓根沒想到巴雷特能在這個世界自由變換回武器型態，不禁一愣。

好險她選的是包廂，要是他直接在外面變身，肯定馬上就會上新聞了！

「你、你這笨蛋！不要隨隨便便做這種事！」俞思晴用力拍了一下狙擊槍，「這裡和奧格拉斯不同，沒有人會變成武器！」

巴雷特變回人形，站在桌邊，「抱歉，因為太過習以為常，所以……」

「記得別在公共場合這樣做就好。」俞思晴搖頭嘆氣。

看著這一幕，大神下凡已經完全相信這兩個人說的話是事實。

他向後靠在椅背上，扶著額頭。

「沒想到妳會遇到這種事情……這都是巴雷特安排好的？」

巴雷特接口：「算是，因為我必須隱藏自己，才有辦法混入《幻武神話》。奧格拉斯他們只會選沒什麼能力的武器AI送進遊戲裡，因為那是他們的棄子。」

「你說棄子？這是什麼意思？」大神下凡顯然對這句話特別有興趣。

一旁的俞思晴也豎起耳朵仔細聽著。

「誠如剛才小鈴所說的，奧格拉斯的目的是利用幻武使與武器AI來連接兩個世界，這樣武器AI就能來到你們這邊。」

「該不會……被用來『連接』兩個世界的人……」

「是祭品。」巴雷特雙手十指緊扣，嚴肅低語：「無論是武器ＡＩ還是幻武使，都會死。」

俞思晴和大神下凡不由捏把冷汗。

「哈、哈哈，也就是所謂的犧牲小我，完成大我對吧？這個叫做奧格拉斯的組織，還真是狠心。」

「為了不讓他們達成目的，我必須從這邊的世界去毀掉《幻武神話》。為此，我需要幻武使，也就是這個世界的人類的協助。」

「所以我登出之後，你才會跟著跑過來啊。」俞思晴眨眨眼。

「我們現在已經『實際』締結契約，所以會出現在同一個世界裡。就算妳登出遊戲，我也會在妳身邊。」

想到從今以後都可以隨時和巴雷特在一起，俞思晴既害臊又開心。

大神下凡看到兩人親暱的互動，吃味地垂眼碎念：「啊啊，這樣看來我一點機會也沒有嘛，眼睜睜看著老婆被搶走，還真不是滋味。」

「我已經說過很多次，我不是你老婆。」俞思晴一邊吐槽他，一邊轉移話題問道：「其實我來尋求你的協助，最主要是因為你有門路。」

大神下凡笑嘻嘻地用手枕著臉，側眼看她，「妳確定？難道不怕我只是隨便說說的？」

「你雖然輕浮，卻不是個會說謊的人。」俞思晴露出肯定的笑容。

終究敵不過俞思晴甜美的微笑與讚賞，大神下凡舉雙手投降。

「好好，我加入就是了。」大神下凡甩甩手，喝了口飲料，向巴雷特提問：「接下來你打算怎麼做？」

「我必須先知道有多少人從奧格拉斯來到這裡。」

「你不知道？」

「這件事被列為最高機密。我雖然也是奧格拉斯的人，但因為我是反對派，所以他們不可能會讓我得到消息。」

「繆思也不知道嗎？」俞思晴好奇地問。她和繆思雖然沒認識多久，但也明白他在奧格拉斯裡的地位。

巴雷特卻搖搖頭，「他和我一樣都被蒙在鼓裡。」

「這下頭痛了，總不可能闖進人家的辦公室質問……」大神下凡煩躁地搔著頭髮。

「不用，我可以判斷出武器ＡＩ，只要讓我見到人就好。」

「這更困難。」大神下凡指著他的鼻子說道，「對方怎麼可能不知道你是誰！你一出現，肯定會被認出來。」

「說的也是。」巴雷特很坦然地接受他的反駁，「既然他們派人來追殺我，八成也知道我已經順利離開奧格拉斯，那些人肯定會把目標鎖定在《幻武神話》或你們這邊的世界。」

他面色凝重地看向俞思晴，「過不了多久時間，他們肯定就會查出妳是我的幻武使。」

「這下可糟了……申請封測帳號時必須填寫個人資料，要是他們想來找我，簡直是輕而易舉。」俞思晴咬了口鬆餅，突然靈光一現。「嗯？這樣不是正好？」

兩個男人不明所以地看著她。

「什麼正好？」巴雷特歪頭。

「小鈴，為什麼我感覺妳想出來的肯定不是什麼好主意。」大神下凡先一步反應過來，嘴角抽搐，義正詞嚴地反對，「不不不，不管妳想到什麼，都絕對不許那麼做。」

「到底是怎麼回事？」巴雷特隱約察覺出不對勁，眼神銳利地盯著俞思晴。

俞思晴吸著冰沙，無視兩個男人質疑的聲音。

「他們想找我，我們也想找他們。」俞思晴笑嘻嘻地用長湯匙戳著冰沙，「這樣的話，不如就來場幻武使和武器ＡＩ的現實見面會。」

巴雷特露出恍然大悟的表情。

「說的也是！小鈴，妳果然聰明！」

「喂喂喂，你在說什麼！」大神下凡氣得差點把拳頭揮到巴雷特的臉上，「這件事不管怎麼想都非常危險，你難道要讓一個女孩子去當誘餌？」

「有我在，我會保護她的。」

「你在的話他們根本不會接近我。」俞思晴立刻反駁巴雷特的念頭，直接下令：「你給我和大神下凡待在一起，除非不得已，否則絕對不准接近我。」

這下巴雷特的臉色變得比大神下凡更加難看。

「放妳一個人？不，我絕對不會答應。」

「武器ＡＩ不能違反幻武使的命令哦。」

「那是遊戲設定，現在的我已經不會被系統所侷限。」

「所以你應該能夠判斷，到底該如何做比較好。」俞思晴收起笑容，認真地看向他，「這是絕無僅有的機會，我們絕對不能錯過。」

巴雷特啞口無言，大神下凡也不知道該怎麼勸阻她。

最後兩個男人只能在俞思晴的堅持下無奈妥協。

大神下凡一個人在外租房子住，俞思晴則是和爸媽住在一起，所以巴雷特很自然地被「寄放」在大神下凡那裡，他們約好明天一早再回到這家咖啡廳見面。

這一天實在發生太多事情，身心俱疲的俞思晴沒有心思再登入遊戲。從開始玩實境網遊到現在，這還是第一次。

而且比起遊戲，巴雷特完全占據她的腦海，讓她無心再去想其他事。

正當她無聊地瀏覽著《幻武神話》的遊戲官網，想看看討論區內的留言時，意外發現了一條新消息。

「幻武使專屬活動，遊戲公司內部一日參觀？」

她敢肯定，今天登入遊戲前絕對沒有這條活動情報，這活動內容根本就是在針對她。

看樣子，對方並不想隨便把她「處理掉」，畢竟若是貿然對她出手，不曉得會鬧出什麼樣的社會新聞，對遊戲公司也沒好處。

奧格拉斯組織的人既然選擇利用實境網遊拯救自己的族人，就表示他們不想把事情鬧大——至少在真正執行計畫之前，他們不願引起太多關注。

俞思晴忍不住勾起嘴角，喃喃自語，「費盡心思設計的陷阱，不跳進去也太對不起他們了……」

話雖如此，但她還是覺得很緊張。

她很清楚現在的自己並非遊戲角色，不可能再像面對迪瓦諾時，那樣隨心所欲地戰鬥。

現在的她，只是個軟弱無力的普通人，和那些武器AI是完全不同的。

「不過，應該不會有生命危險吧？」她細細盤算著，並將這個活動消息傳給大神下凡。

活動時間是在三天後，也就是禮拜六。她慢慢地呼了一口氣，這時耳邊傳來訊息提示聲。

看了一眼大神下凡的回覆，她笑出來，內心的壓力頓時減輕不少。

「這活動我也能參加吧？我跟妳一起去！」大神下凡的回覆看起來非常積極。

俞思晴想了下，才回覆大神下凡。

「不了，你要幫我看好巴雷特。」

「我又不是專業保母！」

腦海中突然浮現大神下凡的保母裝扮，不禁讓俞思晴噴笑出來。

「現在知道他計畫的人只有你跟我，如果出了什麼差錯，至少還有你可以協助他。」

「一個女孩子別說這麼恐怖的話。」

「放心，我會照顧好自己。」

或許是知道她心意已決，大神下凡最後只回了短短一句話：「千萬要小心。」

俞思晴回給他一張「ＯＫ」的貼圖。

手機提示聲又響起，但這回不是大神下凡，而是公會的 LINE 群組。

點進去一看，原來耀光精靈也發現了這個活動，正在群內揪團參加，滿多會員都對活動抱持著高度興趣。

如果不知道奧格拉斯的計畫，她應該也會像他們這樣興奮吧……

俞思晴縮起雙腿，慵懶地窩在電腦椅上，下巴靠著膝蓋。

她想了想，還是留言表示「參加」。

接著放下手機，高舉雙臂伸了個懶腰，順手將盤起長髮的髮帶取下。

「呵。」俞思晴露出邪惡的笑容，「糟糕，開始期待了。」

幻武使的限定活動開始之前，俞思晴都沒有再登入遊戲。

正所謂知己知彼百戰百勝，她必須在這段時間內盡可能調查製作《幻武神話》的遊戲公司——廣達數位科技。

這是一間有著五十年歷史的老字號公司，原本並沒有涉足遊戲產業，在十年前突然成立相關部門，並在那之後推出各種結合實境的有趣遊戲，因此在極短的時間內便爬升到實境遊戲的前十名。

通常越是快速竄紅的遊戲公司，越是容易失敗。但廣達和其他遊戲公司不同，發展一直異常順利。而這次的活動之所以勾起封測玩家們的興趣，也是因為遊戲公司向來保密度極高，即便是接受採訪，也不曾洩漏公司內部的相關資訊。

所以，許多玩家都想趁這次機會，一窺遊戲公司的神祕面紗。

活動當天一大早，俞思晴站在對街，遠觀在遊戲公司大門前徘徊的人群。

原本就想到可能會有不少記者，但沒想到居然比想像中還多。

在這之前，她先去了大神下凡的住處，再三提醒他們不要輕舉妄動，接著便和公會的人會合，一起前往遊戲公司。

這場活動只有封測玩家能夠參加，其他人都被警衛擋在門外，不得入內。

工作人員整理好隊伍後，將所有玩家分成三組，由個別人員帶領前往遊戲部門。

俞思晴看著掛在脖子上的證件。

工作人員說這是參加活動專用的識別證，透過這張卡，公司便能徹底監視參與玩家的所有行動。

但除了俞思晴之外，其他玩家都覺得無所謂。

「小泡泡，妳怎麼了？」走在她身旁的耀光精靈，忍不住探頭問道，「妳今天一直怪怪的，是生理期嗎？」

俞思晴不想讓思想單純的耀光精靈知道太多，便點點頭。

「啊——該不會妳這幾天沒上線也是因為這樣？」耀光精靈抱住她，不停用臉頰磨蹭她的頭，「真令人心疼！等一下我請妳喝熱可可！」

「哦哦哦！這裡就是製作《幻武神話》的聖地啊！」一旁和俞思晴差不多年紀的男生，雙眼閃閃發光，表情激動不已。

俞思晴忍不住朝他看過去。原以為是不認識的陌生人，沒想到銀居然和他搭起話來。

「這次真是來對了，對吧！」

「沒錯沒錯，老姐沒來實在太可惜！說什麼要去約會……約會哪比得上朝聖！」

看他認識銀，俞思晴沒想太多，還以為是自家某位公會成員。

激動過度的男孩一不小心撞到俞思晴，他回過神立刻向她道歉。

「不好意思，妳沒事吧？」

「沒事。」俞思晴禮貌性地回答。

耀光精靈突然湊過來，笑盈盈地對男孩說：「對了，這是我們初次在線下見面吧？我是耀光。」

「哦，就是妳啊。」男孩伸出手和她相握，「我是大劍之王的會長，狂戰王。」

這句話一說出口，俞思晴驚愕地瞪大雙眼，目不轉睛地盯著男孩看。

或許是她的視線太過直接，男孩居然感到有些畏縮。

「妳、妳幹嘛？」

「為什麼你……難道說，會長妳和大劍之王……」

「是的，我們聯盟囉！」耀光精靈笑嘻嘻地說：「因為妳這幾天沒上線，所以還不知道吧？那座城目前以我們新傳說聯盟為主，另外找了三個公會入盟，大劍之王就是其中之一。」

這下俞思晴連笑都笑不出來了。

她覺得自己真的很倒楣，沒想到會在這種情況下和最令人頭疼的男人見面。而且，她本以為狂戰王是個邋遢的大叔，沒想到竟是和她年紀差不多的男孩子。

雖然當初俞思晴和他有過賭約，不過在和煙花三月提出條件交換後，他們之間已經兩清了。只不過在那之後就沒再見過狂戰王，她多少還是有些忐忑不安。

本想趁狂戰王還沒發現自己是誰時候默默離開，沒想到耀光精靈朝她大喊：「小泡泡，妳要去哪裡？」

狂戰王一聽到這個稱呼，眼神瞬間變得銳利無比。

他飛快地回頭，正好對上俞思晴尷尬的視線。

剛才還興奮不已的男孩，如今正面露凶光，完全把她當成眼中釘。

俞思晴僵硬地挪開視線，悄悄躲進前方的人群裡。

耀光精靈沮喪地嘟起嘴，「剛剛不是才說身體不舒服嗎？走得真快。」

「……喂，那個女的是誰？」狂戰王始終盯著俞思晴消失的地方。

耀光精靈沒有多想便直接回答：「她是我們公會裡最厲害的遠距離狙擊手，叫做泡泡鈴。」

「她是不是使用一把白色狙擊槍？」

「是啊……咦？你認識小泡泡？」

「嗯，我認識。」狂戰王露出笑容，小聲低語：「終於找到這傢伙了。」

第七章　幻武使限定活動（下）

Sniper of Aogelasi

工作人員帶領封測玩家們來到一間階梯式會議廳，看起來像是一間電影放映廳。玩家們各自找位子坐下，俞思晴特意找了一個離耀光精靈他們有段距離的靠走道的位置。

原因是坐這裡最不顯眼，她比較好觀察周遭的動靜，要是有什麼萬一，她也能快速逃脫。

知道武器AI在這裡也能變換成武器型態後，俞思晴不得不仔細思考保命的辦法。

雖然她認為對方不會在計畫還未開始進行前就鬧出人命，不過凡事總是有個萬一。

她拿起手機，打算和大神下凡報告自己的情況時，突然有人在她身旁的位子坐下。

習慣性地往旁邊看去，沒想到居然看見了意料之外的人。

「喂。」狂戰王臉色難看，「妳剛剛幹嘛看到我就逃走？」

俞思晴忽然有種被小混混盯上的錯覺。她不安地低下頭，冷汗直流。

狂戰王咋舌，嚇得她寒毛直豎、動彈不得。

「別這麼怕我啦！」狂戰王用手掌撐著臉頰，側眼看她，「老子好不容易見到妳，結果妳居然無視我的存在。」

「呃，你是不是認錯人了？」

「拿著白色狙擊槍，在低於對方十級以上的劣勢下，打贏ＰＫ戰的女人，除了妳沒有第二個。」

俞思晴感覺到自己額頭的冷汗越冒越多，心臟也跳動得更加劇烈。

「那個……」

「妳敢否認試試看，泡泡鈴。」

俞思晴頓了下，最終只能無奈嘆氣，舉手投降。

「……你找我有什麼事嗎？」

「從那次之後我一直都關注著妳的動態。你們公會贏下攻城戰，我也不意外。」狂戰王的口氣好轉了許多，也把扎人的視線收了回去，「我和你們公會聯盟的事情，妳不高興？」

「不。」俞思晴坦白回答，「會長做的決定我通常沒有意見，我以為你是來找我報仇的。」

沒想到狂戰王又嘆一口氣，煩躁地搔著頭髮，「妳誤會了，我們之間不是有過約定？妳打贏我，我就聽妳的。」

「可是那個約定已經跟你姐……」

「我姐是我姐，我是我。再說，那時候就算妳沒跟我姐交換條件，我還是會幫妳。」

沒想到狂戰王竟然像變了個人似的，這倒是令她有些意外。

她忍不住盯著狂戰王，「你想說其實你很善良，是個好人？」

「吵死了，我又不是混黑道的。」他似乎很習慣被人誤會，直接道破俞思晴心裡的想法。

俞思晴忍不住笑出來。「哈哈，抱歉，我不該以貌取人。」

看到俞思晴的笑容，狂戰王害臊地把頭扭開。

等所有玩家就座，舞臺上走出幾個穿著西裝的男人。

俞思晴注視著他們，並豎起耳朵仔細聽。

「歡迎各位幻武使！我是《幻武神話》的製作人，敝姓陳。非常感謝大家來參加本次的活動，相信在座的各位都對這次的突發活動感到疑惑。在此我可以跟大家保證，今天沒能來的幻武使們一定會感到後悔無比。」

一聽到製作人這麼說，玩家們一陣躁動，紛紛交頭接耳。

「這次活動一定能讓各位有所收穫，除此之外，我還要在這邊提早公開一個消息。」

此時，白色屏幕緩緩從天花板落下，接著會議廳的燈光全部熄滅，只剩下舞臺上的光線，以及開始在屏幕上播放的影片。

影片是《幻武神話》的開頭動畫，還搭配了日文配音，整體看起來相當吸引人。然而俞思晴卻發現影片和往常的動畫有些許不同。

影片結束後，出現的是活動宣告的巨大LOGO，在場所有人都倒吸口氣。

「這是我們遊戲公司為封測特別設計的限定活動——神祭戰曲，如剛才動畫裡所播放的，遊戲內將會出現新地圖，也是這次活動的主場地。」

封測活動從開始到現在也不過半個月，遊戲公司竟然就發表了如此盛大的活動，攻城戰與之相比完全不在同一等級。

這些傢伙……究竟打算做什麼……俞思晴忍不住蹙眉。

「我向大家保證，這次絕對不會再出現BUG，請大家再給遊戲一次機會。」

製作人這麼說的同時，眼神往臺下的座席看過去。也許是多慮了，但俞思晴總覺得他好像在看著自己。

「這次舉行的臨時活動，就是為了提早通知玩家們這件事。另外，大家都拿到了識別證吧？」製作人順手拿起手邊的卡片，向玩家解釋，「這張卡片裡有我們送給各位的驚喜，回去後請將其折斷，並打開裡面的紙條，在遊戲中輸入紙條上的序號，系統就會將驚喜寄到各位的角色信箱內。」

說完，他神祕一笑，「至於是什麼驚喜，這邊就先賣個關子，但我保證不會讓各位失望。」

說完後，製作人便將麥克風交給旁邊的工作人員，走下舞臺。

俞思晴看他絲毫沒有逗留直接離開，覺得有些奇怪，但又說不太上是哪裡奇怪。

「好的！幻武使們！接下來的時間大家可以在這棟大樓的允許範圍內自由行動，只要出示卡片，大部分的地方都可以通過。但是請各位保持輕聲細語，因為目前是上班時間。」

第二個上臺的男人說起話來相當風趣，感覺像是個經驗老道的主持人。

「我們也準備了自助餐點，活動期間大家可以自由取用。除此之外，我們還設計了一個特殊的小遊戲，如果幻武使們想動動筋骨，可以找我旁邊這位工作人員。」

舞臺上走出一名女性工作人員，站到主持人身邊，向大家彎腰行禮。

「活動時間到下午三點為止，想提早離開的人，可以到舞臺左側的服務臺，會有工作人員協助你離開。因為我們公司滿大的，而且守衛相當森嚴，所以請大家一定要遵守規定哦！」

男人說完後，工作人員便打開了座位席正後方的幾扇門。

「最後鄭重地提醒各位——如果有人想趁機亂闖，我們不但會收回本次的『驚喜』，還會封鎖違規者的遊戲帳號，請各位千萬注意。」主持人用嚴厲的口氣警告所有人之後，臉上又掛回愉悅的笑容：「那麼，祝大家玩得愉快。」

俞思晴本來就不打算在公司裡亂闖，她只是要當誘餌，看看奧格拉斯組織的成員會不會主動接近她。

但，對方似乎沒有這個打算。

她原本以為這次活動是針對自己設下的陷阱，可是聽完剛才的活動介紹後才意識到，這或許本就是遊戲公司的活動企畫之一。

只是時間太過湊巧，所以才會造成她的誤會。

「也對，他們不可能做得這麼明顯吧……」想到這次的誘餌計畫無功而返，俞思晴就有些沮喪。

她起身走向服務臺，打算提早離開，沒想到耀光精靈居然第二次衝過來抱住她。

「小泡泡！」耀光精靈雙手環住她的脖子。一時缺氧的俞思晴，忍不住用力拍打她的手臂。可是耀光精靈卻完全沒有發現似地繼續環著她。

「耀光，快住手。」銀走過來，從耀光精靈手中把俞思晴拉入懷裡，一手小心翼翼地摟著她的肩膀，一手用力捏住耀光精靈的臉頰，「我說過很多次，她比妳還纖細，以妳的力道會害她窒息的。」

「什麼嘛！」耀光精靈嘟起嘴，悶悶不樂地抱怨，「銀你對我都特別嚴格。」

「誰叫妳這麼粗魯。」

「我才沒有！我只是很喜歡小泡泡嘛！」

俞思晴被卡在兩人中間，不知該如何是好。

「總而言之，先去吃點東西？」狂戰王不知道什麼時候也跟了過來。

耀光精靈看見自助區滿滿的蛋糕與甜食，忍不住流口水。

「說的也是。」她很快地轉移目標，跳著輕盈的腳步，加入正在挑蛋糕的女孩子們。

「不好意思……銀，可以放開我嗎？」俞思晴發現銀還摟著她，有點不好意思地出聲提醒。

銀這才發現自己的行為有些不妥，連忙鬆開。

「啊！抱歉！」銀紅著臉道歉。

狂戰王用銳利的眼神狠狠瞪著銀，但銀沒有察覺。

又有一個女孩子湊過來，膽怯地開口：「那個，我剛剛在旁邊聽到……你的名字叫做銀？」

女孩很有氣質，說話口吻也無比溫柔。

銀點點頭，有些疑惑地回答：「是的。」

「這是你在遊戲裡的ＩＤ？」

「對，沒錯。」

「啊……果然。」女孩鬆口氣，很高興地說：「那個，這是在線下初次見面吧？我是鈴音。」

聽到這個名字，銀的腦袋彷彿瞬間當機。俞思晴親眼看到他的臉先是變白，接著又轉為紅潤，說話也變得結巴。

「鈴鈴鈴、鈴音小姐！」銀緊張地站直身體，又驚又喜，「原來妳也有參加？」

看見銀的反應，鈴音忍不住笑出聲，「呵呵，因為活動看起來很有趣，加上我這個星期六正好沒事做，公會裡的人約我我就來了。之前每天都上線練等，偶爾也要出來走走。」

俞思晴知道銀有追鈴音的意思，這次見到本人，銀肯定不會錯過機會，於是她悄悄地拉著狂戰王離開。果然，銀和鈴音根本沒有注意到他們。

雖然銀真正要找的人不是鈴音，也很難想像銀在發現事實後，兩人之間會變得如何，但至少目前不要戳破，對他們比較好。

可她總覺得有些過意不去。

「妳想湊合那兩個人？」狂戰王看她到剛剛為止都還很怕他，現在卻主動拉著他離開，馬上就猜到她在想什麼。

俞思晴示意他小聲一點，直到把他拉出會議廳後才回答：「我只是不想當電燈泡，你也一樣吧？」

「我無所謂。」狂戰王雙手環胸，一副理直氣壯的樣子，一看就是完全不會看氣氛說話的人。

他的反應和思考方式，和遊戲裡那個肌肉腦袋一模一樣，令俞思晴不由地嘆息。

「我原本想早點回去的，但被會長發現的話會很麻煩，所以我只好多待一會。」

「這麼勉強？」

「唉，因為會長她……」

「我怎麼了？」

耀光精靈突然從兩人背後跳出來，手裡拿著裝滿蛋糕的盤子。

兩人嚇了一跳，還沒來得及開口，就各被耀光精靈塞了一口蛋糕。

狂戰王差點沒被噎死，拚命咳嗽。俞思晴則慢慢咀嚼著。

「怎麼樣？好吃吧！這次遊戲公司真的下重本招待耶，很顯然想討好我們這些封測玩家，也許是希望我們能幫《幻武神話》說點好話。」

「咳咳咳！妳這女人真可怕！」狂戰王差點窒息，臉色鐵青地瞪著耀光精靈。

耀光精靈無視他，對俞思晴碎念：「小泡泡妳人太好了，幹嘛替銀那個笨蛋製造機會。」

俞思晴嚥下蛋糕，「抱歉，會長。我不知道妳也想追銀。」

耀光精靈一臉嫌惡：「我不是這個意思。」

「那麼，妳是希望銀追妳嗎？」

這回耀光精靈的表情變得有些心虛，俞思晴可以肯定自己沒猜錯。

唉，感覺要變成更複雜的多角關係了。

「不說這個，你們兩個有空嗎？」耀光精靈把紙盤扔進垃圾桶，跳著回到兩人面前，興奮地追問：「有嗎有嗎？」

俞思晴和狂戰王對看一眼。這樣看來不像是能拒絕的樣子啊。

「我們有空。」俞思晴代表兩人回答。

「太好了！」耀光精靈高舉雙手，各攬住他們的一隻手，興沖沖地說：「剛剛主持人不是提過有個特殊的小遊戲嗎？我好想知道是什麼！」

「會長，我覺得妳還是繼續去吃點心比較……哇！」

話還來不及說完，耀光精靈就拖著他們往負責小遊戲的工作人員那裡走過去。

一如往常，耀光精靈根本沒有要讓她拒絕的打算。

遊戲公司準備的特殊小遊戲一點也不「小」。

不過說特殊，倒是沒錯。

被耀光精靈拖去報名的俞思晴，心不甘情不願地看著布料做的胸甲，輕撫左邊心臟位置上的紅燈。

簡單來說，這個特殊小遊戲就是實境戰。

報名的玩家依據遊戲內角色所使用的武器，可以在這個場地讓它們「實體化」，手套上有特殊裝置可以使出角色和武器的技能。

胸甲上的紅燈則表示玩家的生命，但與遊戲不同的是，只要心臟被擊中就 Game Over 了。

遊戲場地是隔壁大樓頂樓一片圓形的開放式空間，竟有兩個足球場大，還特別布置成遊戲場景的模樣。雖說這只是地圖中的一小塊，根本分辨不出是在哪張地圖的範圍內，但已經足夠讓玩家們遊玩了。

「小泡泡，我們衝啊——」耀光精靈跑在前面，看起來相當來勁。

狂戰王揮舞著手裡的大劍，站在被打敗的玩家身上狂傲地大笑。

「哈哈哈哈！還有誰敢來挑戰老子！」

一旁的耀光精靈也盡情地施放法術，把玩家一個個炸飛。

看著玩得正高興的兩人，俞思晴站在原地苦笑。

「是我太過警戒，還是這兩人根本沒在思考……」俞思晴低頭盯著手裡的白色狙擊槍，沉甸甸的重量，和遊戲裡感受到的一模一樣。

打從踏入這個地方就有種奇怪的感覺，她說不出具體的原因，只能說是第六感在作祟。

另外，武器和角色招數都能自由施放，這一點讓她覺得太過不科學，可除了她之外，似乎沒有其他玩家有這種感覺。

實境網遊再怎麼逼真也不可能變成真實，除非這個地方，和繆思說過的情況一樣。

切割奧格拉斯原有的空間，在遊戲中讓玩家們使用——既然他們擁有這種技術，同樣也可以把空間切割到這個世界。如此一來，即便不是在遊戲裡，玩家們一樣能使用技能。

這麼解釋就能夠說明眼前的情況，但她不敢保證自己的推理是否正確。

再說，把奧格拉斯的空間切割到這邊的世界，以他們的能力，有可能嗎？要是真的能這麼做，他們就不用如此大費周章地利用《幻武神話》維持兩個世界的連接了吧。

「難、難道……」俞思晴蹙眉環視整個空間，「是和那顆寶石的能力一樣，透過房間大門讓我們穿越到奧格拉斯？」

她搖搖頭甩開這可笑的想法，免得讓自己越來越不安。

但剛回過神來沒多久，她就注意到有黑影朝自己靠近。她的腳下忽然出現了魔法陣，接著便「轟」的一聲炸開。

俞思晴跳起來躲避爆炸的傷害，並將狙擊槍對準對方的臉。

攻擊她的人面無表情，單手持劍，很快地閃開她的子彈後向前逼近。

「工作人員嗎？」俞思晴翻身站在崖頂，看著兩人之間的距離快速縮短。

入場前那名女性負責人說過，這裡設有幾名工作人員陪同玩家進行遊戲，是擔心參加人數太少而做的貼心設計。

當時俞思晴聽到這條規則時，就有種不祥的預感，沒想到還真的被她料中了。

剛才想都沒想，自然而然就展現出來的強大跳躍力，可不是普通人能做得到的事。她的行動力也和遊戲中使用角色時一樣嗎……

不過，狂戰王和耀光精靈並沒有展現出這樣的身體能力，俞思晴納悶不已。

還沒想出答案，攻擊者忽地出現在她眼前。

俞思晴飛快地舉起槍，扣下扳機。

「零距離狙擊！」

槍口前聚起旋風，子彈噴射而出，擊中目標。對方被強大的反作用力向後彈飛摔下山崖，胸前的紅燈也被擊碎。

俞思晴鬆口氣，但還沒來得及放下戒心，身後又冒出幾個影子。

與剛才相同，都是手持刃族武器的工作人員，在她沒有退路的情況下朝她衝了過來。

俞思晴「嘖」了一聲，毫不猶豫地從山崖跳下去，在快要落地前低語：「疾步。」

她併攏雙腿、彎曲膝蓋做出維洛帝緩衝後，便迅速踏向前方的石頭，離開這裡。

可是，山崖上的人卻同樣使用「疾步」，跟在後頭緊追不捨。

俞思晴把他們引到岩石區，藉由不規則的石塊干擾他們的視線，一轉眼就從他們的眼前消失不見。

追兵則是分成三條路線，分別從左、右和中路開始搜索。

既然把他們引來這裡，俞思晴自然思考過戰術。

她悄悄躲在一塊石頭後面，等中間的人一接近她所在的石頭，就迅速鑽出來，踩住對方的左肩，單手朝他胸甲上的紅燈射下去。

槍聲引來左右兩側的人的注意，他們轉而朝向俞思晴的所在方向逼近。

左邊的追兵先一步來到俞思晴面前。俞思晴面無表情，先壓低身體向前一踏，靠近對方胸前，槍口貼著紅燈開槍，在碎片飛散的同時轉手將狙擊槍轉向至正後方，朝最後一個人盲射。

即使看不見身後，俞思晴依舊無比精準地擊中目標。

短短幾分鐘的時間，她就解決掉四名工作人員。

而那些代表心臟的紅燈被摧毀的工作人員，不知為何都倒地不起，動也不動。

俞思晴靠近確認他們的情況，發現他們只是睡著了。

「這些人的身體能力和我一樣，也就是說，他們應該是奧格拉斯組織的人。」她喃喃自語道。

就和她之前猜想的一樣，奧格拉斯果然有意接近她。

從耀光精靈和狂戰王的狀況來判斷，幻武使和武器ＡＩ很好分辨，只要看身體能力的差異即可。

「妳的判斷力和觀察力確實讓人驚艷，俞小姐。」

聽見聲音，俞思晴立即舉起槍，沒想到對方人數眾多，幾乎把整個岩石區的入口封死。

在她舉槍的同時，跟她說話的男人身旁的所有人都舉起了武器。槍口、刀刃，甚至是法杖，全都蓄勢待發。

眼看事情演變成她無法單獨應付的情況，俞思晴只好默默放下手中的狙擊槍。她很清楚這些人都是武器ＡＩ，真要打起來，她肯定沒有勝算。

「你找我有什麼事？」

和她說話的男人，就是不久前出現在舞臺的遊戲製作人，照這情況來看，他肯定是奧格拉斯組織的重要人物。

是薩維弩提過的奧格拉斯首領、第七十三代奧格拉斯神嗎？

「看來似乎不用自我介紹了呢。」男人的眼眸彷彿能看穿俞思晴的想法，讓她覺得自己在他面前無所遁形。

她下意識往後退兩步，手裡的槍握得更緊了。

「用不著緊張，我是來跟妳做交易的。」男人笑道，臉上一派輕鬆。

似乎想對俞思晴表現出誠意，他抬起手，要求身旁的人收起武器。

俞思晴看似冷靜，心臟卻撲通跳個不停，緊張得喉嚨乾啞。

實際面對這種情況，她比自己想像中更加緊張，但總比讓巴雷特和對方見面安全。

「交易？是要我把人交出來嗎？」

「當然不是。雖然巴雷特是反對派，但基於保護族人的職責，我是不會對武器AI下手的。」

對方不疾不徐地說道，語氣帶著解救眾生的高貴情操。俞思晴彷彿看到他頭上頂著個光環——當然，這只是錯覺。

「那你究竟有什麼目的？」

男人始終保持微笑，將雙手收至背後，「俞小姐，妳已經和巴雷特締結契約了，對吧？這個世界的人，可沒有那種體能。」

聽到他這麼說，俞思晴才忽然明白，這個遊戲的目的是測試她有沒有和巴雷特締結契約。

她真愚蠢！竟然沒察覺出來！

事已至此，她不打算說謊，但也沒有回答對方問題。

「你有什麼要求就直接說，別拐彎抹角的。」

「呵，我很高興妳是個能夠明白事理的人。」

男人走上前，與俞思晴僅有一步之遙。被他這樣近距離盯著，讓人覺得那視線格外扎人。

俞思晴不願認輸，強忍著恐懼仰頭對上他的眼。

她倔強的態度似乎勾起男人的興趣，忍不住伸手觸碰她的臉頰。

俞思晴畏懼地抖了一下，無助地閉起眼睛。

有那麼一瞬間，男人嘴角的笑容消失殆盡，可是在俞思晴睜開眼之前，他就恢復了原有的表情。

「我不會對幻武使出手的，畢竟你們很重要。」

見她悶不吭聲，男人便轉身背對她，「不過我的交易是強制性的，妳沒有拒絕的權利。」

「你說什——」

俞思晴剛想拒絕，卻被男人用嚴厲的嗓音壓過去。

「《幻武神話》裡的新活動『神祭戰曲』，會在下個星期三更新上線，晚上會舉辦夜市慶祝，我也會以玩家身分前往。」

男人跨步離去，只留下命令般的要求：「告訴巴雷特，我會在那裡等他。要是他不出現，我就殺了繆思。」

俞思晴猛然一震，眼睜睜地看著男人和那群武器ＡＩ離開。

繆思……果然被抓了嗎？

不，很難說。他只威脅要殺繆思，並沒有說人是不是在他手上。

擔心繆思的安危，卻又不想讓巴雷特涉險和男人見面，俞思晴頓時陷入了左右為難的處境。

她該怎麼做，才有辦法保護所有人？

「啊，小泡泡，找到妳了！」耀光精靈不知道從哪鑽出來，一見到俞思晴就飛快地跑過去。

為了不讓耀光精靈察覺出異樣，俞思晴很快就將臉上的擔憂隱去，露出笑容。

但才剛把頭轉過去，整張臉就被迫埋入耀光精靈的胸前。

「會長，我都說了我不是絨毛娃娃……」

「但是小泡泡很可愛，我忍不住嘛。」

俞思晴好不容易才從耀光精靈的懷裡掙脫出來，在喘氣的時候，聽到耀光精靈問：「小泡泡，妳沒事嗎？」

沒想到會被耀光精靈察覺，俞思晴表情尷尬，難掩震驚。

「沒、沒事，我沒事。」她心虛地轉移視線，緊張得揪緊心臟。

該不會，剛才的事被耀光精靈看到了？不，奧格拉斯組織的人不可能如此大意。

耀光精靈雖然用懷疑的目光上下打量她，但最後仍舊笑嘻嘻地把她抱住，「沒事就好。走吧走吧！我剛才把公會其他人都找來玩這個遊戲，就像攻城戰那時一樣，讓這個地方也掛上我們『新傳說聯盟』的名號吧！」

不等俞思晴回答，耀光精靈就興沖沖地拉著她去和其他人會合。

腦袋瓜裡的問題還沒解決，就被迫加入遊戲，俞思晴只能暫時拋掉男人留下的交換條件，專心陪公會裡的人打完這場現實團戰。

第八章　神祭戰曲（上）

Sniper of Aogelasi

顧慮到巴雷特不希望她有事隱瞞，加上這件事情不說清楚的話，可能會害繆思小命不保。俞思晴猶豫幾天後，還是把男人要她轉述的話，以及當時的情況，一五一十說給巴雷特聽。

意外的是，巴雷特似乎不是很緊張。

「在遊戲裡見面，表示他們暫時沒有要取我性命的意思。」

巴雷特如此分析，俞思晴也覺得有道理。

遊戲裡有系統協助，玩家和武器AI都不會死亡。只不過，武器AI受傷程度越高，需要的維修時間會越長，萬一對方打的就是這個主意該怎麼辦。

「從活動回來之後妳就不太對勁，原來是因為這樣。」巴雷特微笑向她保證，「別擔心，我不會有事的。再說，還有妳在我身邊啊。」

「你不責怪我嗎……怪我現在才跟你說。」

「當然不會。」巴雷特撫摸俞思晴的頭，手指滑過她的黑色長髮，順手攏到唇邊親吻，「不管發生什麼事，我絕對不會責怪妳，因為我相信妳。」

俞思晴緊抿雙唇。

巴雷特如此信任她，她卻沒有給予同等的信任，實在令她內疚不已。

自從星期六的線下活動結束後，俞思晴都有正常上線，不過因為巴雷特會在離線後自動瞬移到她身邊，所以俞思晴沒辦法在家裡玩遊戲，只能轉移到有個人包廂的網咖。

而和巴雷特討論計畫，也成為他們上線前的主要工作。畢竟他們很難保證在遊戲內會不會被監聽。

比較麻煩的是，只要一看見巴雷特消失，大神下凡就會知道她上線，讓他更能準確抓住她的上線時機。

她原本以為大神下凡會利用這點纏著她不放，沒想到大神下凡與往常沒有什麼不同，偶爾有事才會聯絡，沒事也不會特別出現在她面前。

這讓俞思晴很是懷疑，他是不是在偷偷做什麼不想讓她知道的事。

「那個男人，果然就是七十三代嗎？」

「妳是說奧格拉斯神？」巴雷特很驚訝，沒想到俞思晴會知道這件事，「誰告訴妳的？」

「薩維弩。」

巴雷特搖搖頭，「他還是一樣愛操心。」

「你覺得繆思真的在奧格拉斯的手裡？」

「沒有。」

「我也這麼想。」俞思晴鬆了口氣。「那麼七十三代……」

「妳見到的人不是現任奧格拉斯神。」

「咦？」俞思晴驚訝地眨眼，「不是嗎？」

「那個人不會隨便出現在他人面前，而且，組織內沒有一個人見過他。」

「跟我說這些沒關係嗎？」俞思晴想起薩維努的警告，擔憂道：「薩維努說過你們不能在外面提起組織的事。」

「薩維努居然連這件事也跟妳說了。」巴雷特嘆口氣，「不要緊，那個詛咒僅限於在奧格拉斯的時候。現在的我身處異界，詛咒干涉不了。」

說完他瞇起眼，「這也是為什麼我要想盡辦法混入《幻武神話》。」

既然詛咒在這裡無效，俞思晴心裡鬆口氣。

「說起來……我還沒問過你，你知道把寶石交給我的人是誰嗎？」

聽她提起這件事，巴雷特神祕一笑，食指壓在她的雙唇上，「時候到了，我自然會告訴妳，現在妳不需要顧慮這麼多，別忘了，接下來我們還得面對組織的人。」

俞思晴知道他在糊弄自己，生氣地鼓起臉頰，「什麼啊，明明才說信任我的。」

「我信任妳，只不過我另有考量。」

「哼……」

「別生氣了小鈴。」巴雷特親吻她的臉頰，「來，我們先登入遊戲吧。」

就算知道巴雷特在敷衍自己，俞思晴仍舊被吃得死死的。她都快不曉得，到底誰才是掌控遊戲主權的玩家了。

遊戲公司主辦的線下活動所贈送的「驚喜」，是個問號裝備，查不到任何相關資料，可以說就是一個謎團。

雖然不太確定，但俞思晴猜測大概跟明天的「神祭戰曲」活動脫離不了關係。除了她之外，公會每個成員都對新活動感到相當興奮。但只要一想到男人和巴雷特的事，俞思晴根本期待不起來。

隸屬於新傳說聯盟公會的亞比列格城，成為目前《幻武神話》內的第二主城，同時也是幻武使們最喜歡聚集的地點。

耀光精靈與公會成員討論後，決定開放亞比列格城外的領地，提供其他玩家進入，但城內仍然只有公會成員及同盟公會可以進出，整座城周圍有三個公會的咒術師聯合設下的結界。

各公會派出一名等級較高的幻武使測試結界，俞思晴便是其中之一。親身體驗過結界威力的她敢保證，就算是排行榜前三的玩家也不見得能破得了。

現在新傳說聯盟是《幻武神話》裡人數最多的團體，但整體實力卻不是最強的。明明有排名更前面的公會提出聯盟要求，但都被耀光精靈拒絕。

在和較強大的公會談聯盟一事的時候，俞思晴身為公會前三，是陪著耀光精靈和銀一起與對方見面。

俞思晴覺得耀光精靈有自己的考量，所以當時並沒有阻止，不過她注意到對方在被拒絕後露出的危險眼神。

這在日後，或許會對公會產生不良的影響……

「下次排行榜公布時間是在月底吧？」耀光精靈說道。

「嗯，差不多是在神祭戰曲活動結束之後，所以很多人猜這次的活動，會影響到排行榜。」「神域」公會的會長木瓜附和。

坐在他對面的狂戰王倒是不以為意，「大家都不是初次玩實境遊戲的菜鳥，排行榜系統開放之後，我們隨時都可以看到排名更新，所以應該不會再有什麼東西公布了吧！」

「這很難說，畢竟這家製作公司，每次都會做出一些出乎意料之外的舉動，我認為木瓜和耀光精靈的猜測並非不可能。」一位聲音有點細、卻很好聽的女孩子，直接了當地推翻狂戰王的想法。

這名懷裡抱著泰迪熊娃娃、身穿可愛花邊洋裝的女孩，是與他們聯盟的第三個公會──「Monster」的會長。她的名字就跟她懷裡的娃娃一樣，叫做泰迪熊。

收到耀光精靈的通知，四個公會會長集結在主城左側高塔上的三角亭泡茶聊天，談論的主題不是別的，正是明天開放的神祭戰曲新活動。

「耀光，妳去了遊戲公司舉辦的特別活動吧？」泰迪熊問道。

耀光點點頭，很興奮地說：「去了去了，很好玩喔！你們兩個也該去的，只有狂戰王不好玩啦。」

「喂！」狂戰王的額頭頓時浮現數條青筋。

「我喜歡人多一點嘛，難得大家都結成聯盟了。」耀光精靈嘟起嘴碎碎念。

除了四名公會會長之外，在這裡的還有各公會的副會長與同行的幾名玩家。

耀光精靈以誠信為由，並未限制他們攜帶的人數。

畢竟聯盟什麼的，只是公會之間的私下約定，《幻武神話》這款遊戲裡並沒有相關設定，所以他們和其他公會聯盟的風險其實很高。

站在高塔邊的銀和俞思晴，目光緊盯著三角亭及其他公會的玩家，避免發生意外狀況。

「真不好意思，耀光非要強迫妳一起來。」銀向俞思晴道歉，連他也勸不動喜歡使喚人的耀光精靈。

「沒關係，我很閒。」俞思晴對此表示無感，畢竟她有段時間沒上線，不清楚和他們聯盟的是什麼樣的公會，正好趁這次機會近距離觀摩。

銀無奈笑道：「妳有幾天沒上線，應該急著練等吧？現在已經有不少玩家封頂了。」

「封頂啊……我倒是沒有什麼興趣。」俞思晴不在意地說。

忽然她念頭一轉，朝已經破五十等的銀問：「話說回來，你玩過武器ＡＩ的專屬副本了嗎？」

「還沒有。」銀沒想到她會這麼問，好奇地說：「這應該是五十等之後才會自動接的任務，妳怎麼會知道？」

「因為我家的武器ＡＩ嘴巴很大，在我剛進遊戲就告訴我了。」俞思晴拍拍胸前的背帶。

「原來是這樣。」銀忍不住笑出來，「妳也快五十等了，我就不劇透，總之等級滿五十只是任務的其中一項條件。」

俞思晴抬眼，「看來似乎沒有我想得那麼簡單。」

「等妳接到任務後就會明白我的意思。」

坦白說，俞思晴的興趣真的不大，她總覺得五十等的荒蕪沙漠任務，肯定有什麼蹊蹺。

「小鈴，妳想要我先從系統抓出這個任務的詳細資料嗎？」揹在背後的白色狙擊槍突然開口，卻被俞思晴拍了一下槍身。

她壓低聲音，喝止想要亂來的巴雷特，「不要隨意行動，現在我們最好安分點，好好玩遊戲，只有順著他們的意思去做，才有辦法知道他們真正的目的。」

「……妳說得對，抱歉。」

「你能理解就好。」

俞思晴再次看向三角亭。這時會長們似乎已經談完事情，起身之後便各自離去。

耀光也伸伸懶腰，朝他們兩個人走過來。

「有你們陪著，果然讓人放心不少。」耀光精靈笑嘻嘻地拉住兩人的胳臂，緊黏不放。

銀碎念道：「我說妳啊，不要當個好人城主，萬一被背叛怎麼辦？就算有我和泡泡鈴在，也不見得能護妳周全。」

「不用擔心，因為我不會出賣伙伴，所以你們可以把我這邊的人當成戰力。」狂戰王邊說邊走過來，身後跟著的是他姐姐煙花三月。

煙花三月聽到他這麼說，頻頻搖頭，看樣子已經放棄和他爭論這件事。

「嗯，我相信你！」耀光開心地說，她很喜歡狂戰王直率的個性。

不過最重要的還是因為，狂戰王說過他欠俞思晴人情，所以會全力協助新傳說聯盟。

原本半信半疑，不過在遊戲公司舉辦的線下活動中，她親眼看見兩人互動，已經完全將狂戰王從懷疑名單裡剔除。

雖然她沒有細問，但這兩人之間肯定有什麼有趣的祕密。

剛說完宣言的狂戰王，很快就把視線轉移到俞思晴身上。

俞思晴想逃也逃不了，嘴角扯出僵硬苦笑。

「會長，妳這次找所有會長來集合，是討論明天的活動嗎？」

「嗯，活動是早上九點更新，隸屬亞比列格城的所有玩家都得在九點前上線，這件事我晚點會用公會頻道聯繫我們的成員，下線後也會用LINE提醒。」

有會長在，俞思晴並不擔心成員的上線問題，她想知道的，是幾個會長擔憂到需要見面討論的事情。

「會長，妳這麼做不會沒有理由吧。」

「嗯——」耀光精靈靠在她的肩上，眉頭緊蹙，「老實說，我覺得這次的活動，與其說是想彌補遊戲公司的失誤，不如說有其他目的。」

沒想到耀光精靈的直覺竟然這麼準確，俞思晴不由地震了一下。

「其他目的？」

「像亞比列格城一樣，這次的活動是在新地圖舉行，對我們來說是完全陌生的地方，而且……我總覺得製作人並沒有把情報完全公開。」

「所以明天妳才會讓大家提早上線準備？」

「我們要面對的是完全陌生的地圖，等級、怪物種類、地圖型態以及隱藏任務，我們全都不知道。」耀光精靈瞇起眼，和狂戰王交換眼神，「我們幾個會長討論後，合理懷疑這個地圖搞不好還是有『時效性』的。」

「時效性嗎……」俞思晴喃喃道。耀光精靈說的這個可能性，她也猜到了。只是她從沒見過這種限時開放的地圖，活動副本倒是有過不少。

狂戰王盯著她看，「妳果然也已經察覺到這個可能性。」

俞思晴停頓幾秒，點點頭，「我確實這麼想過，但只是我個人的猜測，並沒有肯定的證據。」

「妳似乎還有別的想法。」煙花三月直接了當地問，「說出來聽聽。」

所有人的目光瞬間集中到她身上，俞思晴只好服從多數。

「那天的官方線下活動，不是有個小遊戲嗎？」

銀和狂戰王點頭，耀光精靈則是驚訝地說：「啊，妳該不會想說，那個場景是新活動的地圖？」

「可能只是一小部分區域。」

「這活動既然叫做『神祭戰曲』，不就應該像祭典一樣熱鬧？」銀懷疑地問。

「直接用字面解釋是挺可靠的，畢竟遊戲公司都是這樣設計活動。」煙花三月和銀抱持同樣看法。

俞思晴也同意，因為男人確實提過晚上會有夜市，看來朝這個方向猜想應該沒錯。

只不過……

「我擔心的不只是地圖，還有對武器AI造成的影響。」耀光精靈等人所思考的可能性全都以玩家為主，可她不同。

「這款遊戲主打武器AI，我們玩家可以說是陪襯，應該注意的是這地圖會不會對武器AI有所限制。」

果然，她的話一說出口，所有人都驚訝地瞪大眼。

「這……我倒是沒想過。」煙花三月摸著下巴。正如她所想，俞思晴確實是名有趣的玩家。

「小泡泡的想法真有趣！而且聽起來也很合理。」耀光精靈挺起胸膛，相當自豪，「真不愧是我們公會前三！」

眾人給予的高度評價，讓俞思晴有點承受不起，她趕緊轉移話題：「總而言之，等明天活動開始一切就能揭曉了，今天大家就先各自練等吧。」

說完便匆匆從塔邊一躍而下。

幾個人看著俞思晴逃走，也沒有追上去的意思。

「和你們聯盟的決定似乎是正確的呢。」煙花三月輕聲低語。

耀光精靈笑著回答：「我說過不會讓妳失望。」

煙花三月不喜歡耀光精靈自信滿滿的表情，轉身背對她，「應該沒其他事情要說了吧？那我們就先走了。狂戰王，別發呆。」

狂戰王沒回答，盯著俞思晴離開的地方好一會兒，才跟在煙花三月身後離開。

在大劍之王的人都離開後，銀雙手環胸，靠在牆邊說，「喂，耀光。」

「什麼？」耀光精靈雙手收在背後，笑咪咪的，一副開心的模樣。

銀推了推眼鏡，閃爍的鏡片下，眼眸無比冰冷。

「妳真的認為大劍之王的人不會背叛我們嗎？」

「當然不可能。」耀光精靈迅速回答，「我想大家都和我們的目的一樣。」

「是嗎……」銀鬆了口氣。

「泡泡鈴剛才沒有說出另外一種可能性。」

「如果她是會在那種情況下隨意說話的孩子，你也不會這麼注意她。」

銀輕咳兩聲，「別亂說，耀光。」

「瞞著我可沒用。」耀光精靈嘟起嘴，「我看得出來哦！其實你也很欣賞小泡泡對吧？」

「不……」銀先是否認，卻在耀光精靈咄咄逼人的眼神下，虛弱地改口：「……是有那麼一點。」

「雖然我覺得你平常看女人的眼光很糟糕，但這次我不得不認同你的眼光。」

「妳可別又跟人家亂說什麼。」

「不會啦，放心。」耀光精靈掩嘴偷笑，「我不會把你想對女高中生出手的事情說出去的，顆顆。」

銀汗流滿面，完全不相信耀光精靈真的能管得了自己的嘴巴。

「小鈴，剛才妳說的猜測內容並不完整吧？」俞思晴落地後，背後的狙擊槍忍不住詢問。

「嗯，但在那種情況下，不適合說出來。」

「為什麼？大劍之王的會長已經允諾會協助我們公會，我們不是也該相信他們？」

「前提是他們『真的』信任我們。」俞思晴瞇起眼，「從煙花三月的態度來看，我猜不出他們真正的意圖，但我可以保證，她肯定在謀劃什麼。」

「那狂戰王呢？」

「他畢竟和煙花三月是姐弟，最好還是少接觸比較安全。」

剛說完，巴雷特突然變回人形，蹲在她身旁。

他單手扶胸，左膝跪地，恭敬地在她面前低頭。

「能聽到妳這麼說，我就放心了。」

「什麼？」俞思晴不明白地眨眼。

「因為狂戰王看妳的眼神讓我很火大，如果小鈴說想跟那個男人當朋友，那我就不能對他出手了。」

「拜託你，就算不是朋友，也別隨便出手好嗎……」

現在的巴雷特並沒有被《幻武神話》的系統限制，是擁有自我意識的「個體」，還能夠不受幻武使的操控自由戰鬥。

俞思晴之前答應安娜貝兒，等巴雷特提升完能力後要讓她看看，卻沒想到平常遲鈍到不行的安娜貝兒，居然一眼就看出巴雷特的異樣。雖然當時讓她蒙混過去了，但回想起來就覺得頭痛。

為了不重蹈覆轍，她命令巴雷特在與其他人見面的時候，一律以狙擊槍型態待在她身邊，避免同樣的情況再次發生。

「接下來我們要去哪？」

「練等。」俞思晴帶著巴雷特離開亞比列格城，「附近有個高等地圖，我們去那裡練一下，明天上線前至少要衝到五十五等。」

封頂等級是六十等，進入荒蕪沙漠的限制則是五十等，雖然要在一天內把角色衝上接近封頂等級有點困難，但現在也只能這麼做了。

她可不想因為等級的限制，而錯過什麼重要的時刻。

通常遊戲在重大更新前，會先關機進行維修，且由於實境網遊需要花費的時間更長，所以新活動開始當天凌晨就提早關機，直到早上六點多才重新開放。

新活動開始的時間會另外公布，就算已經更新完成，還是得在規定的時間才能進行神祭戰曲的活動。

這樣除了更新所需要花費的時間之外，還有充裕的時間能讓玩家先上線準備。對許多玩家來說是相當便利的設計，也能紓緩更新後連線壅塞的問題。

這是《幻武神話》所屬的遊戲公司一直使用的更新方案，老玩家都已經相當習慣，俞思晴也不例外。

巴雷特從俞思晴窗戶爬進房間，壓低聲音、放輕腳步來到她身後。

俞思晴拿著眼罩，向後靠在電腦椅背上，抱著雙膝，一副剛睡醒的模樣，眼睛都還沒張開，精神恍惚，直到巴雷特在她耳邊喊了她的名字才突然驚醒。

「小鈴。」

「嗚哇！」

俞思晴嚇了一跳，大叫著從椅子上摔下去，幸好在落地前被巴雷特一把抱住，才沒弄出更大的聲響。

俞思晴抓緊巴雷特的衣服，心臟撲通撲通跳個不停。

「小鈴，妳不是說要小聲點嗎？」巴雷特無奈地看著懷裡的人。

這一嚇讓俞思晴完全清醒過來，她紅著臉回答：「昨天練等練得太晚，我還有點累……」

「要不要通知會長，晚點上線？」

「不、不用。」

「可是妳都有黑眼圈了。」巴雷特用食指輕撫過她的眼袋，「我相信晚幾個小時，會長也不會生氣的。」

俞思晴趕緊把他的手揮開，雙手摀著臉，「我知道我現在超頹廢的啦！不要說出來！」

「頹廢？」巴雷特眨眨眼，笑道：「這樣慵懶的小鈴也很可愛喔。」

「你、你還真不害臊。」俞思晴害羞地垂眼看他。

「妳剛剛叫得這麼大聲，家裡的人不會聽到？」

俞思晴嘟起嘴碎念：「不、不用擔心，我家裡沒人。我爸媽他們凌晨就開車回鄉下了。」

「所以現在只有我們兩個？」

「當然，要不然我也不會叫你過來，我可不想被我媽追問你的身分。」

「我們的關係讓妳很苦惱嗎？」

「笨蛋，不是這樣。」俞思晴用力捏他的臉，「你要我怎麼跟我爸媽說，你是從異世界來的，而且還是把武器！」

「就像告訴大神下凡那時一樣，實際做給他們看。」

「不要把大神下凡的情況和我爸媽劃上等號……」

巴雷特笑了笑，轉回嚴肅的態度，「那麼，小鈴，妳有什麼計畫？」

「坦白說，沒有。我原本就打算等活動開始後再視狀況而定。」

「那晚上呢？」

「啊……你是在擔心我的上線時間？」

「幻武使能登入的遊戲時間有限吧？」

「平常是這樣沒錯，但今天不同。說起來我也在懷疑……遊戲公司的公告裡，備註『進入活動地圖後的時間不列入遊戲登入時間』。」

巴雷特瞇起雙眼，「這項規定……」

「嗯，恐怕跟我們到奧格拉斯的情況一樣。」

她當初進入奧格拉斯時的遊戲時間是呈現暫停狀態，那是因為當時她已經離開遊戲，進入異界，就跟這次公告的情況相同。

倘若真是這樣，就代表新活動地圖屬於異界的一部分。

之前是切割異界的空間，拉到遊戲裡來，現在則是要把玩家拉到異界去嗎？

為什麼她還是有種異樣的感覺？

「奧格拉斯不會殺幻武使，所以我覺得地圖應該還是在遊戲內。」俞思晴摸著下巴思索，「不算入遊戲時間……搞不好是有什麼其他原因。」

俞思晴邊說邊按下載入遊戲的按鈕。

在等待進度條的這段時間，她繼續說道：「除了這條外，其他規定都很普通，與其他實境網遊沒有什麼差別。」

「也許時機還沒到。」

「也或許是因為你的出現，迫使他們改變計畫。」

但無論原因是什麼，都只有登入遊戲後才能一探究竟。

距離活動開始只剩下不到二十分鐘的時間，俞思晴也變得越來越緊張。

看出她的不安，巴雷特輕輕握住她的手。

「有我在。」

俞思晴仰頭看著他，愣了一下。

手背傳來的體溫，安撫了她焦躁不安的情緒。

她恢復充滿自信的笑容，撿起掉落在地上的眼罩。

「準備好了嗎？」即便已經和巴雷特確認過很多次，她還是忍不住再問一回。

巴雷特笑道：「我們去玩遊戲吧。」

俞思晴深吸口氣，看著螢幕顯示「載入中」的進度條到達百分之百。

她慢慢躺下，閉起雙眼。而緊握住她的那隻手，也漸漸變得透明，消失在房間裡。

第九章　神祭戰曲（中）

Sniper of Aogelasi

「歡迎來到《幻武神話》初次更新的地圖活動——神祭戰曲！請大家用輕鬆的心情，好好享受這個地圖的每個區域！」

世界頻道公告的聲音，相當宏亮而不刺耳。

「不過，請各位幻武使注意，神祭戰曲全地圖都屬於『安全區』，除非在特定情況下，否則是禁止戰鬥的。違反的話會遭受嚴厲的處置，所以請各位玩家絕對不要以身試法。」

入口不斷播放著這段公告，玩家像是來到樂園一般，全都異常興奮。

畢竟這種純娛樂性質、甚至禁止玩家開戰的地圖前所未見，也和俞思晴當初猜測的千百種情況完全不同。

她沒想到，這次的新地圖，居然是個有著遊樂園、馬戲團、劇院等設施的五角形浮島。

只要仰望天空，就可以清楚看到地圖飄浮在空中。進入地圖的方法很簡單，只需穿過在第一主城內的傳送魔法陣即可到達。

浮島周圍被軟綿綿的白色雲朵包圍，踩在上面的感覺就像是踏在水床上，有點難行走，卻充滿樂趣。

魔法陣的入口有負責售票的小票亭，總共有五個窗口，想要進入「神祭戰曲」就得買票。一張票的價格相當於一個紫裝武器，雖然有些昂貴，但只須購買一次。俞思晴本來就存了不少錢，所以門票對她來說不算太貴。

「大家都拿到門票了嗎？」耀光精靈舉起不知道從哪找來的小旗子，像個女導遊，綁著可愛的小辮子，穿著從商城買來的可愛連身洋裝，走在最前面帶領大家。

所有人都很興奮，尤其是公會裡的男性成員們，耀光精靈的好身材讓他們鼻血直流。

「等等，耀光。為什麼連我也要……」一旁被強迫穿上同樣衣服的木瓜，忍不住用力把短裙往下拉，紅著臉抱怨。

泰迪熊從後面走過來，「偽娘當道啊，木瓜會長。再說你的角色形象，就算被誤認為平胸美少女也不意外。」

「老子是男的！」

「那就別給我畏畏縮縮的。」她一腳把木瓜踹出去，不偏不倚地正好撲倒了耀光精靈。

「好痛……」木瓜撐起身體，這才發現自己竟然把耀光精靈壓在身下。

「你沒事吧？」耀光精靈眨眨眼，一點也不在意。

木瓜嚇得滿臉通紅，連忙跳起來。公會成員們紛紛開啟截圖系統，拚命拍下畫面。

看到這一幕的俞思晴，都已經快要忘記他們來這裡集合的目的到底是什麼了。

「真不像樣，身為會長的尊嚴呢？」狂戰王忽然出聲，差點沒把她嚇到心臟病發。

她受驚地拍拍胸口，有點生氣地諷刺他：「你怎麼沒加入『她們』？」

「老子可是男人中的男人。」狂戰王理直氣壯地回答。

俞思晴想想覺得也沒錯，這傢伙的角色穿女裝的話，恐怕他們全都會被趕出地圖吧？

「話說回來……」狂戰王雙手環胸，盯著她說：「妳竟然不到一天就衝到五十七等，到底是怎麼做到的？」

明明昨天見到她還不到五十等，結果這麼短時間內竟然就衝到快封頂。

角色等級越高，升等速度越慢，這不是短短一天的時間就能累積出的龐大經驗值。

面對狂戰王的質問，俞思晴只是隨口回答：「當然是狠狠修練過了。」

「是要拚封頂？」

這回俞思晴沒再回答他。

一番折騰後，他們總算順利進入新地圖「神祭戰曲」。

眾人購買的票券上有編號及整座浮島的地圖，只要打開系統就可以隨時觀看。

以五角形各個角為中心，分成五個區塊，島嶼中間則是一個巨大的空洞，島上的溪流匯集於此，便直接從高空流向地面。而向下的水流會因溫度和高度的關係，形成雲霧，環繞在浮島周圍。

這五個區域分別為遊樂園、水岸景點、戲曲表演、購物商場，以及覆蓋著雜訊的未開發區。

活動設計得很有趣，地圖也是在兩、三天內就能逛完的程度。

「巴雷特，你怎麼看？」俞思晴看著地圖問道。

「目前我沒有偵測到異狀，再多觀察一會，看看情況。」

「好，但是我對地圖上的『未開發區』有點好奇。」

「我也是，這搞不好是對方故意讓我們提高戒心的策略。」

「不是應該讓我們放下戒心嗎？」

「如果我們把注意力全都放在那裡，就會出現漏洞，這應該就是他們想要達成的目的。」

「簡而言之就是轉移注意力的誘餌。」俞思晴明白地點頭，「看來還是先跟著團體一起行動比較安全。」

「我同意。」

在耀光精靈的帶領下，公會成員們開心地參觀各個地區，簡直就像是畢業旅行，大家都玩得不亦樂乎。

為了讓自己的腦袋不要胡思亂想，俞思晴便加入他們的行列。

很快地所有人都累癱在地，唯獨耀光精靈仍舊興致高昂，而副會長銀也不知道什麼時候偷偷溜走。

「哎，你們怎麼這麼快就投降了？」耀光精靈氣呼呼地抱怨。

放眼望去一片死氣沉沉，沒有人能騰出力氣來應付她。

俞思晴也是其中之一。

「會長，妳不要再虐我們了。」荷包蛋鼓起勇氣向耀光精靈提出建言。

一旁的忍著跪也跟著說：「就是啊，泰迪熊公會的人早就已經閃光光，就連我們家的副會長都不知道跑哪去了。」

拋下他們的不只有泰迪熊公會，大劍之王也跑得不見蹤影，結果就演變成他們和神域公會成員傻傻跟著自家會長到處跑的慘況。

「沒辦法，我只好自己去玩。」耀光精靈根本不在乎中途溜走的人，看得出她早已接受這就是個純屬娛樂性質的新地圖。

昨天費心找四個公會會長來討論的事，簡直像一場夢。

俞思晴鬆口氣，正想著總算能夠獨自行動的時候，卻突然被耀光精靈叫住。

「小泡泡，我們去玩吧！」

俞思晴想也不想地跳上旁邊的建築，站在屋頂上，看著耀光精靈氣憤地跺腳。

「小泡泡！怎麼連妳也——」

沒想到自己的反應如此誠實，俞思晴只好陪罪，「抱歉會長，我和其他朋友還有約，晚點再陪妳吧。」

說完她就沿著屋頂快步溜走，離去的同時還能聽見不遠處傳來耀光精靈生氣的抱怨聲。

「會長還真是精神奕奕。」

「沒什麼不好，她也算快速帶我們跑了一圈地圖。」巴雷特笑道。

「話是這麼說沒錯啦……」

覺得離開的距離夠遠之後，俞思晴才跳回地面，而她來到的地區正好是購物商場。

因為這裡有販售其他地圖沒有的特殊商品，人潮相較其他地區稍微多了些。

她叫出系統，將自己的位置發給大神下凡。

沒多久，她就收到大神下凡的聯絡。

『我正好也在這，妳別動，我去找妳。』

不到兩分鐘的時間，大神下凡就順利和她會合，和他同行的還有無緣人。

沒想到他們倆會一起出現，俞思晴用詭譎的目光盯著他看。

大神下凡趕緊解釋：「剛剛在入口巧遇，他說什麼也要跟我一起。」

「對、對不起！」無緣人沒想到和大神下凡有約的人竟然是俞思晴，立即滿臉通紅地向兩人道歉，「我不該跑來當電燈泡的，我、我馬上就走……」

說完他正準備離開，就被一臉嚴肅的俞思晴抓住肩膀。

「咦？」無緣人轉頭，雙眼含淚地盯著俞思晴的臭臉。

「我跟這傢伙並不是你所想的那種關係。」

「老婆，妳這麼認真地否認害我有點不好意──噗！」

俞思晴握緊拳頭朝大神下凡的腹部狠擊。

「這樣你懂了嗎？小無。」

無緣人破涕為笑，點點頭。

俞思晴滿意地點頭，鬆開手，沒想到耳邊卻傳來巴雷特的提醒。

「小鈴……妳這樣不就給了他留下來的理由？」

「……啊。」慢半拍的她，下意識喊了一聲。

無緣人眨眼看著她，表情無辜得像是被丟棄的小狗。這下俞思晴也沒有辦法狠心甩掉無緣人，只能將錯就錯。

「你就跟我們一起行動吧，但你得安靜跟著我們，不管發生什麼事都不要多問。」

無緣人用力點頭，雖然看得出他有些困惑，但只要不被兩人冷落，他就心滿意足。

「妳還真的讓他加入啊。」大神下凡搭住她的肩，「要是出了事怎麼辦？」

「誰叫你帶他過來。」俞思晴小聲咕噥，「所以他的安危由你負責。」

說完，她丟下大神下凡，拉著無緣人往購物商場區的邊緣走去。

「最想先開始調查的地方，果然還是這裡。」俞思晴仰頭看著眼前的傳送點。

地圖上的未開發區就好像在引誘他們一般，比起那些充滿人潮的歡鬧地區，她更在意為什麼會有這種莫名的設計。

每個區域都有可以任意傳送到其他區的傳送點，唯獨此處不同，必須靠相鄰的兩個區域的傳送點才能到達。

不過，這個傳送點並未開通，所以也進不去。

「不如等晚上再行動？」大神下凡勸俞思晴道：「反正距離約定時間還很早，妳就別那麼緊張兮兮的。」

俞思晴心裡明白，卻沒辦法放下心。

就連背上的巴雷特也難得附和：「他說得沒錯，小鈴，不用這麼急著揪出神祭戰曲背後的問題。」

「可是——」俞思晴想要反駁，卻又說不出話來，只好悶悶不樂地嘟著嘴。

無緣人在一旁陪笑，雖然搞不清楚是什麼情況，但現在的氣氛實在不適合開口詢問。

俞思晴正盤算著該不該放棄的時候，世界頻道傳來聲音。

而這聲音的主人，就是在入口處不斷播放規則與歡迎詞的那位。

「哈囉！各位親愛的幻武使們，玩得還開心嗎？」

所有人不約而同地停下腳步與手邊的動作，打開系統。

「再次歡迎各位參加神祭戰曲。現在參加人數已經快到上限，所以——」這亢奮的聲音，突然轉變得嚴肅可怕，「該準備開始進行這次的『特殊活動』了。」

玩家們開始議論紛紛，原本明亮的天空漸漸被漆黑的夜色籠罩，整個地圖瞬間漆黑一片，只有路燈的光線勉強照亮眼前的道路。

四處傳來人們焦急的討論聲，也有部分玩家開始感到驚慌。

大神下凡和無緣人各自靠近俞思晴，小心翼翼觀察四周的情況。

「怎麼回事……」無緣人伸長脖子張望，「我都不知道這裡還有人數上限。」

「話說，這種事情不是應該在入口就公告嗎！」大神下凡咬牙切齒，提醒俞思晴：「老婆，妳待在我和小無身旁，不要擅自行動。」

俞思晴根本沒在聽，而是很快地打開系統，叫出神祭戰曲的活動公告，認真瀏覽著底下的注意事項。

坦白說，她真的沒有從公告中看出什麼異常，所以這究竟是怎麼回事？

「請幻武使們不用驚慌，只要你們完成『特殊活動』，就可以讓地區恢復正常。」那個聲音繼續說著，「首先，玩家們只要打敗每個地區的地區王，就可以讓該地區復原。從現在開始，『安全區』內將充滿各種以幻武使為目標的NPC，他們會成為你們的敵人，保護地區王。

「至於地區王是什麼，我就不詳細說明，當做給各位的驚喜吧！啊——對了對了，差點忘記補充，各位進入這個新地圖時，已經受到特別規則的限制。」

聲音藏不住森冷的笑意，聽起來格外刺耳。

「各位幻武使的武器AI，在進入這裡時就已經被固定型態。也就是說，你身旁的武器AI若是人形，在這段時間內就無法變回武器型態；相對的，若你的武器AI是武器型態，那麼這段時間就無法變回人形。」

話一出口，果然引起不少驚呼。玩家們甚至開始氣憤地責罵這種設定有多麼惡劣。

無緣人鬆了口氣，回頭對俞思晴說：「好險我們的武器ＡＩ都是武器型態，至少這樣能夠保護自己。」

俞思晴點點頭，沒想到基於保護巴雷特的這個想法，竟然會在這時候派上用場。幻武使無法使用武器ＡＩ的話，就很難放開手腳戰鬥，力量、技能都會被侷限，這是現在的她最不允許發生的事。

大神下凡舉起手：「這麼說不太對，我可沒帶我的武器ＡＩ。」

無緣人和俞思晴好奇地盯著他看。

因為他表現得太過平常，所以他們差點忘記，打從初次見到大神下凡開始，就沒有見過大神下凡的武器ＡＩ。

難道大神下凡從頭到尾都沒使用武器ＡＩ，就這樣一路衝到封頂？

無緣人對大神下凡的崇拜度幾乎快要破表，俞思晴卻皺起眉頭，不斷上下打量他。

「你為什麼沒使用武器ＡＩ？」

「誰知道呢。」大神下凡笑咪咪地拒絕回答問題。

這樣的態度反而讓俞思晴更加懷疑。

遊戲設定強制玩家與武器ＡＩ必須同行，且這款遊戲主打的就是武器ＡＩ，所以她沒想過會有玩家不攜帶武器ＡＩ的情況。

大神下凡是第一個表示懷疑這款遊戲的玩家，同時也是唯一一個知道巴雷特的人，難道說——他打從一開始就知道武器ＡＩ的存在，所以才不想使用這些想利用他們的異界人嗎？

「可愛的老婆，妳在懷疑我？」大神下凡笑問。

「給我一個不懷疑你的理由。」俞思晴沒給他好臉色看。

無緣人看他們快吵起來，緊張得不知道該如何是好。

「你、你們……別這樣……大家都是朋友。」

「我跟他才不是朋友。」俞思晴冷哼一聲。

大神下凡也回答：「當然不是，我們未來可是要成為夫妻的。」

「等你追到我再說。」

「意思是我可以追妳？」

大神下凡把手伸過去，卻被俞思晴無情地揮開。

無緣人嚇得冷汗直冒，擔心大神下凡會生氣，卻看到他只是甩甩手，沒有繼續說下去，似乎默認了自己有祕密隱瞞。

「我是站在你們這邊的，妳只要相信這點就好。」

「……哼。」俞思晴氣呼呼地鼓起臉頰，走到旁邊去，壓低聲音詢問巴雷特：「你覺得我們該相信大神下凡嗎？」

「雖然我不喜歡他對妳毛手毛腳，但他確實在幫助我們。」

沒想到巴雷特竟然會站在大神下凡那邊，俞思晴只能一個人生悶氣。

「如果他另有企圖，我會處理。」

「處理……你是打算做什麼？」

「暗中做掉他。」

「……給我住手。」俞思晴頓時感到一陣無力，只好轉移話題，「你認為，你以前的同伴到底想做什麼？」

巴雷特同樣感到不解，「我也不清楚，他們現在應該小心翼翼，別再讓遊戲的名聲下滑才對。」

「我也是這麼想，所以我覺得，這次搞不好不是奧格拉斯組織的人搞的鬼。」

「什麼意思？」

俞思晴推測：「從肯特女神還有那隻雲豹的情況看來，這次的事，搞不好和那幾次相同。」

「那幾次難道不是奧格拉斯故意做的？」

「剛開始我確實是這麼想，但就像你說的，他們在目的達成前，不會希望遊戲出現問題，所以我才想，會不會是有第三勢力在暗中行動。」

這話巴雷特可不能當作沒聽見，「如果真是這樣，那我們得查出來。」

「嗯，我知道。」

俞思晴用力扯過槍袋，讓狙擊槍從身後滑入懷中，走回大神下凡和無緣人身邊，「準備好你們的武器，我們要開始戰鬥了。」

大神下凡和無緣人盯著她看。

「妳是認真的？」大神下凡看俞思晴已經開始替狙擊槍填彈，知道她不是開隨口說說。

在這種視線昏暗、完全沒有情報的狀態下，她真的打算靠自己殺出一條血路？

「我認為，這次的事八成和我們之前遇到的 BUG 事件脫離不了關係。」

「妳的意思是，這也是 BUG？」無緣人嚇了一跳，「可遊戲公司不是說，這是為了彌補之前出現 BUG，特別給玩家們的福利活動嗎？」

大神下凡先一步會意過來。

「不……我家老婆說得沒錯。以往出現的 BUG，很顯然都是在針對遊戲公司，並不是遊戲公司內部出現的 BUG。」

大神下凡果然聰明，只要稍微提醒，馬上就能理解她的意思。

「遊戲內有人在跟遊戲公司作對。」這是俞思晴得出的結論。

「遊戲公司內部有臥底……這種事不是沒有可能。」

「總而言之，現在NPC全是我們的敵人，玩家被限制的也只有武器AI變身這部分，其他倒是沒有什麼影響，剛才我打開系統的時候已經順便檢查過了。」

「也就是說，只要抓住NPC，問出地區王是什麼，直接幹掉就好。」大神下凡頓時信心滿滿，揚起嘴角，「看來我們三個人又要再一次搭檔合作了。」

無緣人已經期待這一天很久，能夠再次和這兩人一起玩遊戲，他真的高興得不得了。

藏不住喜悅的他傻傻笑著，用力點頭，「好、好的！」

「我們走。」俞思晴看到前方已經有NPC朝他們靠近，率先一步從兩人之間衝出去。

大神下凡和無緣人交換眼神，緊跟在俞思晴身後也衝了上去。

負責近戰的大神下凡，以及擁有輔助法術、可以隨時控制血量的無緣人，加上速度最快、從遠距離就能把目標解決的俞思晴，這三人的組合，可以說是最適合突擊的隊伍。

三人的對話也直接改成隊伍頻道，以便隨時支援彼此。

為了查出購物商場區的地區王位置，他們隨便抓了個NPC。

原本以為NPC會很難打，沒想到就和地區小怪差不多，但每當他們想從NPC口中問出地區王的資訊時，NPC就會自動昏死過去，根本沒辦法從他們口中獲知情報。

試了幾次都是同樣結果，他們只好考慮換個方式。

「難道真要跑完整個地圖才能找出來嗎？」大神下凡咬牙切齒。

除了隊伍頻道之外，其他頻道都被鎖死，擺明就是不讓玩家之間交換情報。他們在路上也遇到幾個玩家，但大家都像無頭蒼蠅一般到處亂竄。

「無法交換情報真的很苦惱，如果頻道系統恢復，至少還能靠整個區域的玩家一起幫忙……」俞思晴坐在昏倒的NPC背上，皺緊眉頭，「這樣下去只是在浪費時間。」

「會不會根本沒有地區王？」無緣人忍不住這樣想。

大神下凡搖頭，「不，照以前的狀況來看，應該不至於。」

若俞思晴的推測沒錯，估計這也只是對方「遊戲」的一部分。只要是遊戲，就一定會有破關方式，問題是他們現在還沒找到破解辦法。

「以往這種 BUG 問題只出現在小任務身上，沒想到這次居然會綁架整個新活動地圖。」俞思晴結合現在和之前遇到的情況進行分析。可以肯定的是，對方製造 BUG 的行為越來越進步，要是哪天掌控了整個遊戲也不讓人意外。

如果能找到突破點就好了……

「真不像話。」

忽然，三人所在的隔壁大樓上，傳來一聲冷哼。

接著巨大黑影從天而降，強而有力的爪子重重踏下，地面因為無法承載其重量而塌陷。

無緣人和大神下凡同時將俞思晴護在身後，他們卻發現眼前的怪物相當眼熟。

對方沒有要攻擊的意思，甩著長尾，兩顆眼珠在漆黑的夜色裡閃閃發光。

那並不是野獸臉上的眼睛，而是屬於尾巴上的「第二顆頭」。

三人瞪大雙眼：「水之精靈！」

側坐在金獅背上的女人笑了笑，「我挑選出來的幻武使不會這麼沒用，不要讓我後悔當初選擇你們。」

「妳怎麼會出現在這裡？」俞思晴張著嘴，久久無法回神。

突然冒出來的水之精靈和獅子，是之前愛蘭雅女神關卡的王怪啊！「這並非出自於我們的意願，只能說是被現況逼迫，不得不現身。」

水之精靈從獅子背上滑下來，身軀周圍捲著水波，看起來就像是在空氣裡游泳般繞著三人打轉。

她先是上下仔細打量，接著才又站到他們面前。

此時的她與之前完全不同，原本只有水波的下半身，出現了一雙白皙的美腿。

而她身上穿著的衣服，正是之前交給俞思晴的「女神的祝福」。

「妳……妳……」大神下凡怔然。

無緣人有點畏懼水之精靈，下意識地躲在俞思晴背後。

水之精靈單手搭腰，對他們驚愕的表情相當滿意。

「你們三個是被愛蘭雅女神選上的幻武使，給我拿出幹勁。」她傲慢地抬起頭，俯視三人，「別讓我後悔我自己當初的決定。」

雖然這麼說，水之精靈卻很快改口，「不過依照現在的情況，估計你們就算想做些什麼也沒辦法。」

俞思晴懷疑水之精靈的目的，若她判斷沒錯，在這裡出現的BUG全都是第三勢力的人做的，那就表示水之精靈應該也是和那群人的同夥。

「妳剛才說被迫現身……是誰在強迫你們？」俞思晴總覺得水之精靈的話中有古怪的地方，不敢完全信任她。

水之精靈見三人對自己有所戒備，便收起笑容，直接了當地說：「你們要找的地區王，就是我。」

第十章　神祭戰曲（下）

Sniper of Aogelasi

「什麼！」這話一說出口，三人又傻了。

「等、等等，妳在開玩笑嗎？妳明明是副本裡的王怪，為什麼會……」大神下凡焦急地問。

水之精靈也沒有要隱瞞的意思：「估計奧格拉斯的人動了手腳。」

沒想到她竟然直接地說出「奧格拉斯」這個名詞，大神下凡和俞思晴頓時冷靜下來。

唯獨不明白前因後果的無緣人，滿頭問號。

「什麼意思？奧格拉斯……是指武器AI的故鄉？」

「我之後會跟你解釋，小無，現在你先不要多問。」雖然把無緣人扯進來並非原先的計畫，可現在俞思晴必須先把事情調查清楚。

她繼續問水之精靈，「既然妳這麼說，那我就直接問了。你們就是所謂的第三勢力嗎？」

「第三勢力？」水之精靈眨眨眼，一臉驚訝，「為什麼這麼認為？」

「你們不是奧格拉斯組織的人，也不是巴雷特他們的伙伴，所以我只能這樣判斷。」

「奧格拉斯組織？妳居然已經知道這麼多……」水之精靈盯著她手中的狙擊槍，
「原來如此，怪不得我從剛才開始就覺得，巴雷特的力量與之前有點不同。」
話才剛說完，巴雷特就突然變回人形，站在水之精靈和俞思晴中間。
「不要說多餘的話。」
「果然是這樣。」水之精靈見到巴雷特，並沒有感到特別意外。
「巴雷特？」俞思晴瞪大眼，「你、你沒有受到影響？」
她還以為所有武器ＡＩ都會受到安全區的限制，沒想到巴雷特依舊能夠變換自如。
「那種程度的法術還影響不了我。」巴雷特瞇起眼，冷冽的目光瞪向水之精靈，
「現在的我已經取回記憶，知道妳是誰了。」
「是嗎，那就好。」水之精靈雙手環胸，「當初見到你的時候我就覺得奇怪，你的態度變得與以前不同，原來是你封印了自己的力量。」
「這是必要的。」
「你究竟有什麼目的？」
「應該是我要問妳吧？」

從兩人的對話聽起來，他們似乎認識彼此。俞思晴忍不住走上前，拉住巴雷特的衣角。

巴雷特看向她，眼神變得溫柔。

這些許的變化令水之精靈驚訝不已，忍不住偷笑。

「噗，沒想到居然會是這樣。巴雷特，你果然是個有趣的男人。」

「閉嘴，愛蘭雅。」

巴雷特稱呼水之精靈的名字，讓俞思晴愣住了。她迅速轉頭看著水之精靈，「妳、妳就是愛蘭雅女神？」

水之精靈笑而不語，把食指貼在嘴唇上，示意她別繼續問下去。

這個事實也令大神下凡和無緣人驚訝不已。

原以為已經死去的女神，居然就是水之精靈？這也未免藏得太深！

「我的媽，這簡直是大爆點！」

「咦？咦咦咦！」

水之精靈無奈地對那兩個陷入恐慌的男人說：「這件事晚點再說，現在可沒時間替你們解惑。」

「妳剛才說地區王就是妳，是什麼意思？」巴雷特果斷地把重點轉回正軌。

另外兩人聽到巴雷特的問題，馬上安靜下來，認真盯著水之精靈看。

水之精靈這才鬆口氣，解釋：「我先聲明，我們可不是什麼第三勢力。在這裡的NPC們全都是普通的平民百姓，簡單來說就是被奧格拉斯組織徵召過來的。」

「怪不得這麼弱。」他們剛才對付的NPC完全沒有戰力可言，證實水之精靈說的話沒錯，「既然你們不是第三勢力，那為什麼要讓遊戲產生BUG？」

「信不信由妳，不是我們做的。是有人把BUG建立在我們負責的任務中，才害我們被奧格拉斯組織盯上。」水之精靈無奈聳肩，讓人看不出她究竟有沒有說謊。

對比之前她協助自己那時，俞思晴覺得現在眼前的水之精靈，根本就不是同一個人。

水之精靈看她眼神古怪，似乎也知道她在想什麼。

「妳是不是覺得我性格不同了？」

「唔。」俞思晴愣了下，心虛地點頭。

「之前是因為我身為遊戲NPC，在遊戲裡有協定法術，我必須遵照遊戲內設定的形象，要是違反的話，我可是會死的。」

「那妳現在這麼說沒關係嗎？」

「啊，沒關係。」水之精靈搖搖手，「因為我們幾個已經被開除了，所以不受限制。」

「被開除？」

「嗯，這次的新地圖活動不就是要補償玩家們之前遇到的BUG問題嗎？」水之精靈用輕鬆的口吻說出可怕的事實，「簡單來說，就是他們打算利用這次機會，藉由幻武使之手，殺掉我們幾個被開除的NPC。」

「被開除」就表示已經不受《幻武神話》這款遊戲的保護，要是真的被殺就會死亡，所以她需要的是能夠成為她的武器與盾的伙伴。

正因如此，她才會找上俞思晴三人。

「也就是說……」俞思晴低聲道：「我猜測錯誤了？」

她原本以為，這次的事情和之前的BUG是一樣的，但水之精靈的出現，卻推翻她的論點，甚至把問題帶往新的方向。

俞思晴迷惘地看向巴雷特。巴雷特只是伸出手，摸摸她的頭。

「不用擔心，小鈴。」巴雷特安慰她，轉頭對水之精靈說：「所以，妳主動出現的目的，是希望我們能夠保護你們？」

水之精靈笑道：「沒錯，你們也知道，現在我們是這個地圖裡所有人的通緝犯，我能求助的只有你們了。」

「妳的口氣……該不會另外三個地區王……」大神下凡有種不祥的預感，而他的猜測也準確命中。

水之精靈望著他燦笑，「沒錯，畢竟另外三個人，也是我的同伴。」

「簡單來說，就是你們四個人在遊戲裡搗蛋，想要反抗奧格拉斯組織，所以才會被盯上，導致現在的局面。」巴雷特說道。

「另外，還得請你把我們安全送回奧格拉斯。」水之精靈補充道：「原先我不知道你的情況，既然現在你恢復力量了，要做到這種事情不難吧？」

看得出來巴雷特相當不高興，但他還是勉為其難地答應水之精靈的要求。

「我可以幫助你們，但你們也必須給予相對的報酬。」

「等價交換嗎……我不討厭呢。」

水之精靈一彈指，身後的獅子便變成單翼耳環，落在她的掌心裡。她走上前，將耳環遞給俞思晴。

「這是我給你們的報酬。」

「妳要把牠給我？」

水之精靈點點頭，「牠是我的道具ＡＩ，雖然不是多大的戰力，但還是能發揮作用。」

接著她對巴雷特說：「只要你點頭，我就立即轉讓所有權給你的幻武使。」

巴雷特沉默幾秒，點了點頭。

水之精靈掌心上的耳環瞬間飛到俞思晴的耳垂上。

「好了，接下來換你們兩個。」她當然也沒忘記大神下凡和無緣人，手中憑空掏出兩把綠刃短刀。

這兩把短刀的模樣，與他們之前解決肯特女神的副手武器一模一樣。

「原來這東西不是只有三把？」大神下凡從她手裡接過來，反覆觀看。

「這是能夠吸取敵人法術的副手武器，專門對付能使用強大法術的敵人，我想對你們應該多少有點用處。」

無緣人和大神下凡各自收下短刀，已經到手的寶物怎麼可能輕易放過。

「好啦，收下了我的東西，就不要忘記我們之間的交易。」水之精靈勾起嘴角，燦笑道：「好好保護我和我的朋友吧，幻武使們。」

事情的發展遠超出俞思晴原本的計算，現在他們三人的目標已經從「解決地區王」，轉變成「保護地區王並把他們平安送回奧格拉斯」。這麼做的話，等於要與所有玩家為敵，而且還無法跟他們解釋原因。俞思晴光想想就覺得頭疼。

「那個……」在準備前進下個地區時，俞思晴來到水之精靈身邊，私下問道：「妳剛才說的話，究竟有幾成是事實？」

水之精靈沒想到她會這麼問，瞪大眼睛，不自覺把視線放在她懷裡的白色狙擊槍上。

她思考一會兒，垂下雙眸。「妳認為我在說謊？」

俞思晴先是搖頭，然後又點頭。「我覺得妳沒有完全坦白。」

剛開始與俞思晴見面，水之精靈並不覺得這個女孩是個聰明的幻武使。但對方卻出乎意料地有著驚人直覺，以及超群的戰鬥力。不得不說，這個女孩是最適合巴雷特的幻武使。

然而這也讓她無比擔心，巴雷特究竟想讓這女孩做什麼。

「既然 BUG 不是你們做的，那……會是誰？」俞思晴問道：「妳有頭緒的話，請告訴我。」

水之精靈嘆口氣，想了下才開口：「確實不完全與我們無關。」

「咦？」俞思晴張大眼，「這是什麼意思？」

「肯特她是被刪除的程式，『刪除』的意思就是被關在牢獄中，當然，他們入獄的原因就是因為反抗奧格拉斯神。」

「那把他們放出來的是……」

「是我。」水之精靈的聲音聽起來充滿痛苦，「肯特是我的朋友，我只是想幫忙，但不知道奧格拉斯神對她做了什麼，我把她救出來之後，她就突然變成那樣了。」

「那其他三人？」

「也是同樣的狀況，所以我們幾個私下開始質疑組織，後來決定要藉由把原有的 BUG 擴大，讓遊戲被迫終止，可是沒想到……肯特最後完全失控，我只能想辦法阻止她繼續錯下去。」

俞思晴可以感覺到水之精靈的痛苦與自責，這樣的結果並不是她當初想要的，要怪就只能怪奧格拉斯組織。

若不是因為他們，這些人也不會經歷痛苦，水之精靈也不會被迫讓幻武使去殺害自己的朋友。

「不必太過在意。」水之精靈見俞思晴心情低落，便輕拍她的背，「妳只要專注於眼前的任務就好。」

俞思晴點點頭，重新提振精神。

這時，在前方探路的大神下凡在隊伍頻道傳來訊息。

『我們到了。』

三人停下腳步。水之精靈化為水珠，鑽進俞思晴的衣服裡躲藏。

他們來到的地方是樂園區，在缺乏燈光的情況下，這裡比其他地方還要暗上許多。

拿出螢光蟲只會讓他們變成顯眼目標，所以三人只能隱藏在黑影中移動。

水之精靈與其他被當成地區王的朋友已經失聯一段時間，不過，只要到達該地區，她自然就有辦法找出對方的位置。

躲進衣服裡的水之精靈低語：「跟著我的指示走。」

俞思晴點點頭，要大神下凡和無緣人跟著自己。

他們一路上看到不少玩家，大多數的人已經開始尋找地區王，只有少部分玩家仍對這突如而來的活動內容感到不解與懷疑。

經過室內遊樂區門口的時候，她看到耀光精靈等人都聚集在那裡，然而匆忙趕路的她並沒有多做停留，只是草草瞥過一眼。

在她離開後，銀的眼角餘光注意到黑暗中有人影，但他看過去的時候那裡已經沒有任何蹤影。

他擔憂地皺起眉頭。

此時與其他成員討論完接下來的行動、正打算和銀說話的耀光精靈，發現他不太對勁。

「銀，怎麼了？」

「我總覺得好像看到泡泡鈴……」

「咦?真的嗎!在哪裡在哪裡？」耀光精靈興奮地順著他的視線張望，卻什麼也沒看到，於是生氣地嘟嘴。「銀，你在耍我？」

「……也許是我多慮。」

不得不承認，他有點擔心俞思晴。

打從在官方活動和她見面後，銀就覺得她在隱瞞什麼事情。

希望不是被捲入什麼麻煩才好，銀無法不管她。

——甚至比起他想追的那個女孩子，他還更在意俞思晴。

「連繫不上小泡泡，我也很著急，可是小泡泡不是普通玩家，一定沒事的。」

耀光精靈拍拍他的肩膀，「這點你比我更清楚，不是嗎？」

「說的也是。」銀重拾笑容。

「話說回來，你不擔心你的『鈴音小姐』嗎？」耀光精靈雙手環胸，上下打量他，「你可別告訴我你想要腳踏兩條船。」

「當、當然不可能，我不會這樣對鈴音小姐的。」銀連忙解釋。

看他這麼緊張，耀光精靈心裡悶悶的、很難受，但她沒有表現出來。

「總而言之，我們先想辦法把地區王解決掉，讓地圖恢復運作。依照以往的遊戲模式來看，最早處理完這個任務的公會或玩家，搞不好會有什麼特殊獎勵。」

「繼攻城戰之後是地圖戰嗎？這款遊戲真是喜歡製造驚喜。」

「幸好在這之前我就把你們全都找回來了，快感謝我。」

「感謝妳什麼……我想跟鈴音小姐約會啊。」

耀光精靈慶幸自己在事發前便把落跑的人一個個揪回來，否則在無法通訊的情況下，很難和其他同伴聯繫。

另外三名公會會長，與不久前和銀在一起的鈴音，全都走上前加入兩人的對話。

「現在該怎麼做？」木瓜開口提問，所有人都將目光放在耀光精靈身上。

耀光精靈甜笑道：「當然是去把地區王幹掉，這可是我們亞比列格城聯盟後的首戰。」

狂戰士躍躍欲試地扭著拳頭，「打架可是老子最擅長的。」

「我們神域可不會輸給你們這群野蠻人。」木瓜胸有成竹，自信滿滿。

狂戰士嘖了聲，「臭傢伙，你想跟我對槓不成？」

「要不要來比比看？」

「有膽挑釁我，到時輸到脫褲子的可是你。」

「呵，還不知道要脫褲子的是誰呢？」

木瓜和狂戰王目光銳利地瞪著彼此。

泰迪熊在旁邊搖頭嘆氣，冷靜地對耀光精靈說：「總之，目前有四個地區，也就是說王總共有四個，剛好一個公會負責一個。」

「不能完全確定未開放區域是否沒被算在內……」鈴音擔心地說，「也有可能要打敗四個王才會開啟那個區域。」

「那麼鈴音和銀先到戲曲表演區的未開發區傳送點待命，我們其他人打完地區王之後就到那裡集合，如果該區的地區王已經由其他玩家解決掉，也同樣過去集合。」耀光精靈吩咐完，回頭對狂戰王說：「大劍之王的人負責購物商場區的地區王，那裡也有未開發區的傳送點，你們直接在那待命。」

「為什麼聽起來像是故意排擠我們公會？」狂戰王青筋浮出。

耀光精靈沒理會他，繼續說道：「神域負責現在這個遊樂園區；水岸由我們新傳說聯盟負責；戲曲區就交給Monster。」

其他公會會長點頭，各自回到自己的成員身邊，唯獨狂戰王還在碎碎念。

「搞什麼，這根本是歧視。」

「好了，別抱怨，這是分工合作。」煙花三月敲他的頭，讓他別表現得這麼孩子氣。

「痛！姐，妳怎麼會忍氣吞聲？我們可是被當成部下使喚耶！」

「是你擅自答應和新傳說聯盟結成同盟的，這種情況下，當然是以對方會長為首。」煙花三月朝他翻了個白眼，「雖然我知道你的目的，但你現在好歹是個公會會長，想法別那麼自私。」

狂戰王沒回答，生著悶氣，乖乖跟著煙花三月與自己的成員會合。

他臨走前被木瓜叫住。

「喂！還比嗎？」

狂戰王臭著張臉，冷哼道：「我現在沒那個興致。」

看著身材高壯、脾氣卻像個國中生的狂戰王負氣離去，木瓜不禁笑得更開心了。

「真是個愚蠢又好笑的男人，不過……或許能跟他成為朋友。」

這只是木瓜一廂情願的想法，被他盯上的狂戰王感覺到背脊忽然一陣冰冷。

俞思晴等人來到遊戲區邊緣處的一座巨大迷宮前。

迷宮外牆足足有兩人高，除非從空中俯看，否則無法看到迷宮的全貌。附近完全沒有燈光，幾乎伸手不見五指，三人只好使用螢光蟲。

「人真的在這裡嗎？水之精靈。」俞思晴再次確認。

「嗯，我可以感覺到他的氣息。」

「不過這裡除了我們之外沒有其他人影。」大神下凡沿著周圍找了一圈，並沒有看到他們以外的其他玩家或NPC。

「會不會是在迷宮裡？」無緣人不太敢踏入這個黑漆漆的迷宮，擔心地在入口處徘徊，「我、我對這種類型的東西沒辦法啊……」

「而且我們也沒有時間。」俞思晴強硬地把水珠從口袋裡拿出來，往地上一摔。

水之精靈變回人形，跌坐在地抱怨道：「好痛……妳真粗魯。」

「只要看到妳，對方應該就會放下戒心，在我們面前現身。」

「雖說是這樣沒錯，但相對的我的風險很高耶。」水之精靈不滿，「你們說好會保護我的。」

「對，我們說過。所以妳不用擔心其他問題。」

水之精靈垮下臉，俞思晴信誓旦旦的態度真讓她擔憂。

果然在水之精靈出現沒多久，從迷宮裡慢慢走出一個人影。他用虛弱的氣音，低聲說道：「愛蘭雅……唔！」

話還沒說完男人便倒下，離他最近的無緣人趕緊伸手扶住。

男人恐懼得臉色發青、身體顫抖，使出僅存的力氣將無緣人推開。一失去攙扶的力量，男人隨之倒地不起。

「哈比！」水之精靈連忙過去檢查他的情況，憤怒地說道，「該死，誰把你傷成這樣的！」

「哈……哈……」哈比不停喘息，傷口血流不止，用僅存的力氣緊緊抓著愛蘭雅，「家……我想回……去……」

從沒見過NPC傷成如此，可見水之精靈之前說他們已經失去系統庇護的事是真的。

「無緣人，快替他治療！」俞思晴喝道。

「哦……哦！」無緣人回過神，連忙啟動治癒魔法。

現在隨便移動傷患不太妥當，但俞思晴也明白在這地方等待實在太過顯眼。

忽然，她感覺到黑暗中有雙眼睛盯著自己，立即側過身。

一把短刀從她面前飛過，精準刺中她正使用的螢光蟲。

大神下凡也察覺到突如其來的殺意，抓住剩餘的兩隻螢光蟲，塞回系統裡，可他們的位置已經曝光了。

天空開始出現星光般的白點，數量漸漸增加，幾乎要將黑夜淹沒。

大神下凡和俞思晴抬起頭，眼睜睜看著空中刀如雨下。

「你們站在這別動。」俞思晴用「疾步」，從原地躍上半空，獨自面對這成千上萬的刀雨攻擊。

她將絲巾環上手臂並高高舉起，絲巾迎風展開，形成一個半圓屏障，成功將刀雨擋開。

俞思晴落地後，舉起狙擊槍朝樹林扣下扳機。樹林裡一條黑影快速鑽出，俞思晴見狀立即追上去。

「小鈴！妳去哪裡？」大神下凡著急大喊。

「別跟過來！」俞思晴留下這句話，便消失在大神下凡面前。

她剛才那槍就是故意想把人引出來，對方估計也已經猜到她的目的，所以想在把她帶往樹林深處。

這座迷宮的後方是座小山，穿過樹林之後，眼前是一座充滿詭譎氣息、殘破不堪的洋房，門口也高掛著「鬼屋」二字。

俞思晴在追到這裡，看著黑影鑽進屋內。

不知道是不是系統設定，她一靠近鬼屋，幾道閃電就在她面前落下，地面因為轟隆巨響而震動不已。但俞思晴絲毫不為所動。

「不進去嗎？」巴雷特以為俞思晴怕鬼，所以才沒有繼續前進。

俞思晴苦惱地說：「追過去好像沒有什麼意義，我們還是先把水之精靈和那個叫做哈比的人帶走再說，免得被其他玩家發現。」

說完，俞思晴打算掉頭走人，沒想到才回頭踏出一步，腳底卻踩了個空。

明明是平地，怎麼可能會往下掉？

俞思晴腦袋一片空白，回過神來發現巴雷特已經變回人形，橫抱著她蹲在地上。

「沒事吧？」巴雷特小心翼翼地問道：「看來就算我們想離開，對方也不見得願意放人。」

「看來是這樣沒錯。」俞思晴朝巴雷特盯著的方向看過去，發現了熟悉的東西。

那是團黑漆漆的黏稠液體，沒有固定形體，卻有無數眼珠。

而每一顆眼珠都盯著他們看。

「時間不多了。」黏稠液體發出低沉沙啞的聲音，「這個區域的幻武使已經開始往山裡走，過沒多久就會追上你們。」

接著它把被五花大綁、昏厥過去的玩家扔到他們面前。

「這是刃族的刺客，現在的情況正適合讓他們發揮技能，你們要多加注意。」

這玩家應該就是剛才偷襲他們的人。

即便這坨黏稠液體看似想協助他們，但俞思晴還是抱持半信半疑的態度，直到黏稠液體中出現一個漩渦，顯現出畫面。

接近樹林的玩家是與新傳說聯盟結成同盟的神域，俞思晴嚴肅地鎖緊眉頭。

「神域的成員幾乎都在，他們應該有計畫地在搜索地區王。」

「快帶他們走，我會想辦法攔著。」說完，黏稠液體也慢慢沒入黑暗中，消失不見。

周遭的景色漸漸變得光亮，俞思晴這才發現，眾人不知為何都跑到鬼屋裡。

「小鈴！」大神下凡等人看到他們之後都鬆了一口氣。

巴雷特將俞思晴放下，並變回武器型態。

俞思晴走過去查看哈比的情況。在無緣人的協助下，哈比的傷勢已經漸漸好轉。

「這是怎麼回事？」大神下凡看他們倆詢問道。

「剛才是鬼屋副本的ＮＰＣ在協助我們。」回答問題的是水之精靈。

回想起黏稠液體剛才通報玩家正在靠近，加上眾人瞬間被轉移至鬼屋裡的情況，可以確定水之精靈說得沒錯。

雖然玩家變成他們的敵人，但全地圖的NPC都是他們的伙伴。

「神域的人正在靠近這裡，我們要趕快離開。」

水之精靈點點頭變回水珠。將水珠塞回口袋裡，俞思晴走上前，抱起還沒清醒過來的哈比，轉身對大神下凡說：「你帶路，我們要以最短距離前往傳送陣。」

三人剛做出決定，身後的門就「嘎」一聲自動打開，似乎是在指示他們往這邊走。

他們接受鬼屋的好意，從這扇門溜了出去。

寧靜樹林的不遠處傳來巨大聲響，聽起來似乎是在進行戰鬥，但他們沒有時間停下腳步。

「往這邊，別跟丟了。」大神下凡不忘提醒兩人。

以「疾步」奔馳雖然不是什麼問題，但俞思晴懷裡抱著一個人，難免受到影響。

雖然過程慌忙，但他們還是順利穿過傳送陣，到達下個地區「水岸景點」。

「哈、哈……」俞思晴氣喘吁吁地把懷裡的人交給無緣人。

無緣人看她累得滿頭大汗、上氣不接下氣，擔心地問：「妳還好嗎？」

「只是有點喘，沒事。」俞思晴用手背擦去汗水，「水之精靈，下一個人在哪裡？」

水之精靈還沒來得及開口，原本沒有任何訊息的頻道突然傳出提示。

三人打開系統一看，頓時嚇傻了眼。

系統公告：從現在開始會在地圖上標示地區王的座標位置，各位玩家不要氣餒，繼續加油吧！

「什麼——是在耍我們嗎！」大神下凡大驚失色。

俞思晴趕緊叫出地圖。

果不其然，地圖上顯示著四個光點，其中兩個還聚集在一起。更重要的是，四個點裡有三個都在水岸景觀這個地圖！

不用想也知道，接下來玩家們會殺入的地方，肯定就是這裡！

「糟糕……」俞思晴緊張得冒汗，「這下事情變得更棘手了。」

——《奧格拉斯之槍03武器祕辛》完

後記

Sniper of Aogelasi

各位好，我是原以為把稿債還完卻發現根本沒減少的悲哀草。

平常休閒活動除了外出之外，就是玩遊戲的我，最近很缺遊戲玩啊！

前陣子好不容易出了一款，但兩天就破關了，加上我又是不喜歡打成就跟獎盃的人……破關對我來說就等於遊戲結束（沉默），結果我現在又回到之前的遊戲缺乏症（喂）。

《奧槍》的故事來到第三集，這集開始將會慢慢解釋《幻武神話》的強大AI究竟是怎麼出現的，以及遊戲公司的目的，還有巴雷特的身分與目的。

請大家不用擔心，他們還在玩網遊，只是從原本的封測休閒遊戲變成拯救世界而已（完全不對）。第三集雖然還沒有展現巴雷特的力量，但恢復後的他是很強大的，下集開始戰鬥部分會增加，又是個需要燒腦袋瓜的內容（哭）。

這陣子寫太多BL了，所以寫《奧槍》這樣的輕小說，對我來說真的是種心靈治癒，不平衡一下的話我的腦袋瓜會承受不住的，所以在寫《奧槍》的時候格外輕鬆、開心，不過還是忍不住會想虐一下（快住手）。

最近的我依舊在趕各種截稿日，所以《奧槍》的寫作速度慢了點，請大家見諒。距離完結也只剩下兩本了，明年我會盡快把剩餘兩本寫完，將《奧槍》完結，所以——請大家一定要等我啊！

草子信

草子信ＦＢ：https://www.facebook.com/kusa29

高寶書版集團
gobooks.com.tw

輕世代 FW257

奧格拉斯之槍03

作　　者　草子信
繪　　者　arico
編　　輯　林紓平
校　　對　謝夢慈
美術編輯　彭裕芳
排　　版　彭立瑋

發 行 人　朱凱蕾
出　　版　英屬維京群島商高寶國際有限公司臺灣分公司
　　　　　Global Group Holdings, Ltd.
地　　址　臺北市內湖區洲子街88號3樓
網　　址　www.gobooks.com.tw
電　　話　(02) 27992788
電　　郵　readers@gobooks.com.tw（讀者服務部）
　　　　　pr@gobooks.com.tw（公關諮詢部）
傳　　真　出版部　(02) 27990909　行銷部 (02) 27993088
郵政劃撥　19394552
戶　　名　英屬維京群島商高寶國際有限公司臺灣分公司
發　　行　希代多媒體書版股份有限公司/Printed in Taiwan
初版日期　2017年12月
二刷日期　2017年12月

國家圖書館出版品預行編目(CIP)資料

奧格拉斯之槍 / 草子信著.-- 初版. -- 臺北市：
高寶國際, 2017.12-
　冊；　公分. --

ISBN 978-986-361-460-9(第3冊：平裝)

857.7　　　　106007904

三日月書版

三日月書版

GOBOOKS
& SITAK
GROUP©

GOBOOKS
& SITAK
GROUP©